Felix Dahn

Sind Götter?

Die Halfred Sigskaldsaga. Ein nordischer Roman aus dem zehnten Jahrhundert

Felix Dahn

Sind Götter?
Die Halfred Sigskaldsaga. Ein nordischer Roman aus dem zehnten Jahrhundert

ISBN/EAN: 9783742802354

Hergestellt in Europa, USA, Kanada, Australien, Japan

Cover: Foto ©Andreas Hilbeck / pixelio.de

Manufactured and distributed by brebook publishing software
(www.brebook.com)

Felix Dahn

Sind Götter?

Sind Götter?

Die Halfred Sigskaldsaga.

Ein nordischer Roman aus dem zehnten Jahrhundert.

Von

Felix Dahn.

———

Sechste Auflage.

Leipzig,

Druck und Verlag von Breitkopf und Härtel.

1893.

Seiner Majestät

dem

König Ludwig II.

von Bayern

allerehrfurchtvollst

zugeeignet.

I.

Es wuchs da vor bald fünfzig Wintern im Nordland ein Knabe, der hieß Halfred. Auf Island, an dem Hamund-fjord, stand seines Vaters Hamund reiche Halle.

Damals gingen noch, wie die Heidenleute glauben, Elben und Zwerge häufig unter das Nordlandsvolk. Und Viele sagten, eine Elbin, die dem starken Hamund hold gewesen, trat an des Knaben Halfred Schildwiege, strich ihm wilden Honig als erste Speise auf die Lippen und sprach:

> „Harfe sollst du sieghaft schlagen,
> Lieder sollst du sieghaft singen,
> Sigskald sollst du sein und heißen."

Aber das ist wohl Wahnrede der Heidenleute.

Und Halfred wuchs heran und ward stark und schön. Er saß viel einsam auf den Klippen und horchte, wie der Wind in den Felsen= spalten harfte. Und wollte seine Harfe danach stimmen. Und ward voll Grimmzorns, weil er es nicht konnte.

Und wenn der Grimmzorn über seine Stirne zog, schwoll ihm die Ader an der Schläfe und ward es rothe Nacht vor seinen Augen. Und sein Arm that dann weilings, wovon sein Kopf nicht wußte.

Als sein Vater gestorben war, nahm Halfred den Hochsitz in der Halle ein.

Aber er achtete nicht, das Erbe zu hegen und zu mehren: er pflag Harfen= und Waffen= werks. Er ersann eine neue Liebweise, „Halfred's Sang,“ die allen sehr gefiel, die sie vernahmen und darin ihm Niemand nachdichten konnte. Und im Axtwerfen kam ihm keiner von den Island=

männern gleich: sein Hammer schlug durch drei
Schilde und er fehlte auf zwei Schiffslängen nicht
mit des Hammers Beilseite eines fingerbreiten
Rohrpfeils.

Sein Sinn stand nun darauf, einen Drachen
zu bauen, stark und reich, eines Wikings würdig:
darauf wollte er ausfahren, zu heeren und zu
schatzen Eiland und Festland, oder auch Harfe
zu schlagen in den Hallen der Könige.

Und er sann in sorglichen Nächten, wie
er das Schiff beschaffen sollte und fand nicht
Rath.

Aber das Bild des Schiffes stand vor seinen
Augen, wie es werden sollte, mit Steuer und
mit Steven, mit Bord und mit Bug: und sollte
es statt eines Drachen einen Silberschwan am
Steven führen.

Und als er eines Morgens aus der Halle
trat und nach dem Fjord ausschaute gen Norden,
da ging vor Süd-Südost ein gewaltig Meerschiff

1*

mit geschwellten Segeln in die Hamundsbucht,
daß Halfred und seine Hausleute in die Waffen
fuhren und hinaus eilten, die Seemänner abzu-
wehren oder zu bewillkommnen. Immer näher
trieb das Schiff: aber nicht Helm, nicht Speer
blitzte an Bord, und da man es anrief mit dem
Heerhorn, blieb Alles still. Da sprang Halfred
mit seinen Gefolgen in die Bote und ruderten
an das große Schiff und sahen, daß es ganz
leer war und stiegen an Bord. Und war dies
das schönste Drachenschiff, das je Segel gebauscht
auf der Salzfluth; aber statt eines Drachen führte
es einen Silberschwan am Steven.

Und auch sonst, sagte mir Halfred, glich das
Schiff in Allem dem Bilde, das er in Nacht-
und Tagestraum gesehen: vierzig Ruder in Eisen-
pflöcken, das Deck mit Schilden überzeltet, die
Segel purpur-gestreift, der Bug mit Brandungs-
runen geritzt, die Taue von Seehundsfell; die hoch-
gewölbten, versilberten Schwingen des Schwanes

aber waren kunstvoll geschnitzt und der Wind fing sich darin mit singendem Rauschen.

Und Halfred schwang sich auf den Hochsitz am Steuerbord: auf dem lag ein purpurner Königsmantel gespreitet und eine silberne Harfe mit Schwanenhaupt lehnte daran.

Und Halfred sprach:

„Singschwan sollst du heißen, mein Schiff:
Singend und sieghaft sollst du segeln.“

Und Viele sagten, die Elbin, die ihm den Namen gegeben, habe ihm den Singschwan gesendet.

Aber das ist Wahnrede der Heidenleute.

Denn oft schon wurden seicht geankerte Schiffe vom Sturm davon getragen, während die Seemänner am Lande zechten.

II.

Und alsbald ward es kundbar, Halfred rüstete seine besten Hausleute und seine Gefolgen mit guten Waffen, auszufahren als Wiking auf Sieg und als Skalde auf Sang.

Und auf ganz Island und den Inseln rings umher ward groß Gerede von dem Singschwan, den der Wunsch selbst — das ist der Heidenleute Gott — dem Halfred Hamundsohn gesendet, und sie sagten: „Er ist des Wunsches Sohn: nichts wird ihm mißrathen in Manneshaß und Weibesliebe, in Schwertschlag und in Harfenschlag und reiche Beute und reichen Skaldenlohn wird er gewinnen, und seine milde Hand kann nehmen und spenden, aber nichts behalten." —

Und kamen da Viele zu ihm gezogen, die seine Segelbrüder werden wollten, bis aus den fernsten Eilanden der Westersee, daß er hätte sieben Schiffe füllen können. Er füllte aber nur den Singschwan mit dreihundert Mannen, die er selbst erlesen, und fuhr mit ihnen in See.

Und wäre nun viel davon zu erzählen, welch' große Siege Halfred mit Hammer und Harfe viele Jahre lang erstritten auf allen Meeren von Mikilgard, das die Lateiner Byzantium nennen, bis nach der Insel Hibernia im fernen Westen.

Und habe ich alle diese Thaten und Siege, Fahrten und Gesänge und Wettkämpfe in Waffen und Harfenspiel schon als Kind am Herdfeuer des Klosters von den Skalden singen hören und von fahrenden Gästen erzählen, lange ehe ich in Halfred's meergraues Auge sah.

Denn während der langen Zeit, da er verschollen war und der Singschwan aufgeflogen war in Lohe und alle Leute Halfred für todt hielten, dichteten die Skalden viele Lieder von ihm. Aber das war später.

Damals zog also Halfred überall umher, siegend und singend in Meerkampf und Hallenkampf. Und weil er alle Skalden im Wettgesang besiegte, nannten ihn die Leute Sigskald, und daher, nach rückwärts prophezeiend, erfanden wohl die Heidenleute die Fabel von der Elbin, die ihm Honig und Namen gab in der Wiege.

Und große Beute und viele hunderte von Ringen rothen Goldes erwarb er und vergabte sie wieder an seine Segelbrüder.

Und häufte doch noch reichen Hort auf dem Singschwan und brachte auch viel reiches Gut nach Hamundshalle, wo er weilings überwinterte.

Und er wölbte die Halle viel herrlicher und baute gegenüber einen weiten Methsal, wo tausend Männer trinken konnten, und hatte der Hochsitz der Methhalle sechs Stufen.

Aber das reichste Stück aus all seiner Beute
war ein Leuchter, — „Lampas" nennen ihn die
Griechenleute, — halb mannshoch, goldgebiegen,
mit sieben flammenden Armen: den hatte er fern
in Grekaland aus einer brennenden Marmorburg
davon getragen.

Und dies Kleinod hielt Halfred selber hoch,
der sonst des Goldes nicht achtete: und zum
Julfest und zur Sommer=Sonnenwende und zu
allen hohen Festen mußte er dicht vor ihm auf
dem Tische stehen und siebenfach flammen.

Aber das, was alle Leute am meisten wun=
derte, war, daß alle Leute Halfred hold werden
mußten, die ihn sahen und singen hörten; oft
geschah es, daß auch Skalden, die er im Wett=
kampf besiegt hatte, selbst große Liebe zu ihm
faßten und seine Weisen mehr lobten als die
eignen.

Das ist nun aber wohl das Allerunglaub=
lichste, was von Skalden gesagt werden mag.

Dagegen ist es ein Kleines, daß ein Freier, den er in eines Weibes Gunst überwand, sein Freund und Blutsbruder wurde. Aber das war später. —

Und weil das nun Allen ganz übermenschlich schien, ersannen sie, wie die Heidenleute sind, jene Märlein, daß er des Wunsches Sohn gewesen, daß ihm daher nicht Manneszorn, nicht Mädchentrotz habe widerstehen mögen, daß ein Gott seiner Stirne voran geflogen sei, der alle Blicke geblendet habe und solcher Fabeln viele.

Zumal sein Lächeln aber, sagen sie, soll alle Herzen bezwungen haben wie Hochsommersonne mürbes Eis.

Und auch davon erzählen sie eine Geschichte.

Er fand nämlich einmal in tiefem Winter am Fuß des Snaeja-Fjoell ein verirrtes Mägblein von fünf Jahren, das war am Erfrieren und wußte nicht den Weg nach seiner Mutter Hütte.

Und obwohl Halfred sehr wegmüde war und
viele Gefolgen bei sich hatte, schickte er doch die
Gefolgen allein nach der Halle, nahm das Kind
selbst auf die Schulter und wanderte noch viele
Rasten, stets den kleinen Fußtapfen des Mägd-
leins folgend, das tief eingeschlafen war, bis er
die Hütte der Mutter fand. Und er legte der
Mutter das Mädchen in die Arme: und da erwachte es und lächelte: und die Mutter wünschte
ihm als Dank, er solle fortan lächeln wie das
Kind, da es die Mutter wieder sah. Und das
habe ihm der Wunsch erfüllt.

Aber das ist eine Wahnrede der Heidenleute,
da es keinen Wunschgott giebt und keine Heiden-
Götter und vielleicht auch kein* . . . .

. . . .

Ich sage: das Kind mag er selbst mit Mühe

* (Hier ist das Pergament durchlöchert und mit anderer
Dinte sind drei Kreuze über die ausgebrannte Stelle ge-
zeichnet.)

der Mutter zugebracht haben: mancher Wiking hätte es aus Erbarmen nur tiefer in den Schnee gedrückt, die besten hätten es einem Gefolgen zum Mittragen in die Halle gegeben: aber der Mutter selbst durch den Schnee zurückgetragen, das hätte kein Wiking gethan, den ich kenne, wenn er nämlich müde war und hungrig.

Ich sage also: in Halfred war eine große Gütigkeit des Herzens, wie sie sonst nur unschuldige Kinder haben. Und deßhalb war sein Lächeln herzgewinnend wie der Kinder Lächeln ist. Und daraus haben dann die Heiden jene Gabe des Wunsches gedichtet.

Denn daß er das Kind der Mutter gebracht, das glaube ich freilich selbst ganz und gar von Halfred. Und wäre ich der Letzte, das nicht von ihm zu glauben.

Aber auch sehr zornmüthig konnte er plötzlich werden, wenn ihm die Adern an den Schläfen schwoll: dann sprang er oft, wenn der Feind

durch Gegentrotz ihn reizte, blind wüthend in die
Speere wie ein Berserker.

Auch darüber erzählen sie viele Geschichten
von Göttergaben, daß ihn die Mädchen lieb
hatten. Aber das ist nicht übermenschlich, wie
nahezu jenes ist, daß ihn besiegte Sänger liebten.

Denn er war von leuchtendem, mächtigem
Antlitz, das Keiner vergaß, der es geschaut, und
von herzgewinnender, weicher und doch starker
Stimme. Er mied rohen Scherz und es fiel ihm
stets von jedem schönen Mädchen ein, warum sie
so schön sei: und er wußte ihr das wie ein
Räthsel zu sagen, daran sie selber lange gerathen.

Aber auch andere Räthsel wußte er gut zu
rathen.

III.

Und war er nun schon viele Jahre als Wiking
und als Skalde umher gefahren und hatte
Ruhm und rothes Gold gewonnen und feierte das
Julfest wieder einmal daheim in der Halle.

Und waren da sehr viele hundert Männer in
der Methhalle versammelt, die er gezimmert hatte:
alle seine Segelbrüder und sehr viele Inselmänner
und auch viele fremde Gäste aus Austrvegr und
bis aus Hlymreck und Dyflin aus den Westerwogen, darunter auch der Skalde Vandrad aus
Tiundaland.

Und der Bragibecher kreiste und viele Männer
legten Gelübbe darauf ab und mancher vermaß
sich kühner Werke, die er vollführen wollte

binnen Sonnenwende oder er sei todt. Halfred aber hatte auch wie die Gäste des Methes sehr viel getrunken und mehr als selbst ihm gewöhnlich war, wie er mir selber später ernsthaft gesagt hat.

Und das deuteten ihm die Heidenleute auch als eine Wundergabe seines Vaters, des Wunsches, daß er viel, viel mehr trinken konnte als andere Männer, ja — sie priesen ihn darum sehr glücklich — so viele Vollhörner als er wollte, ohne daß der Reiher der Vergessenheit streifend über seine Stirn rauschte.

Aber das ist thöricht geredet: denn auch ich kann den Reiher scheuchen, wenn ich bei jedem Trunk mir still was denke und nicht viele Trinksprüche rede; denn solche locken den Reiher heran.

Halfred hatte nun zwar viele Hörner geleert, aber er hatte noch kein Gelübde gelobt: schweigend und würdevoll saß er auf dem Hochsitz, wie dem Hauswirthe geziemt, mahnte die des Trinkens

Säumigen, — es waren aber ihrer nicht viele —
indem er ihnen das Trinkhorn durch den Mund=
schenk sandte und lächelte leise, wenn Mancher
Gelübde gelobte, die er nicht leisten würde.

Da stand der Skalde aus Tiundaland, Van=
drad, von seiner Bank auf, trat auf des Hoch=
sitzes zweite Stufe und sprach: — Halfred hatte
ihn fünfmal besiegt und doch war ihm der Skalde
ein treuer Freund und hold: —

„Gelübde gelobt hat hier gar mancher

Geringe Gast:

Aber Halfred, der Herr der Halle,

Hielt sich verhohlen bisher:

Ich lobe den Hehren:

Nicht hat er's noch nöthig:

Sein Name genügt ihm. —

Doch miss' ich im Methsal,

Dem mächtigen, Eines:

Es mangelt dem Manne

Die Maid, das Gemahl:

Wie wonnig erst wär' es,
Wenn hehr von dem Hochsitz
Hellleuchtender Hand
Das Horn uns herunter
Die herrliche Herrin
Harthild hielte."

Alle Gäste schwiegen, da Vandrab so ge-
sprochen hatte; Halfred sah hoch auf ihn hernieder und ganz leise, sagte er mir später, fühlte
er die Ader an der Schläfe schwellen, als er den
Skalden lächelnd fragte: — aber das Lächeln
war ein Königslächeln, nicht ein Kindeslächeln —

"Was hast du von Harthild
Holdes und Hohes
In Halfred's Halle
Hier zu verherrlichen?"

Da sprach Vandrab:

"So Vieles weißt du,
Wegwallender Wiking,
Und hast von Harthild

Nicht Herkunft noch Hochruhm
Harfen gehört?
Aus Upsala's altem,
Uredlem Abstamm
Ist sie entsprossen.

Hartstein, der hagre,
Heißet ihr Vater,
Der reiche König
Weitreichenden Ruhmes.

Treu trägt er die Tochter
In trutzendem Hochsinn:
Er weigert die Werbung,
Wer nicht im Wettkampf
Des Wurfs ihn bewältigt.

Nicht minder meidet
Die Männer das Mädchen,
Selbst männischen Muthes:
Rühmt sich mit Recht
Der Räthselrunen
Wie kein Skalde
Kundig zu sein.

„Man-Vits-Vreka" *
Nennt man im Nordland
Sie neidend mit Namen:
Jeglichem Jüngling,
Der ihr das Ehjoch
Werbend ansinnt,
Sagt sie dasselbe
Versiegelte Räthsel:
Denn keiner noch konnte
Der Klügsten es künden:
Und schmählich verschneidet
— Denn so ist die Satzung —
Mit scharfer Schere
Hohnlächelnd die Harte
Dem Helden das Haar."

Da schwoll Halfred die Stirnader mächtiger
an, er schüttelte das gewaltige, schwarze Gelock,
das ihm bis auf die Schultern wogte, in den
Nacken, und stürzte ein tiefes Trinkhorn hinab;

* Die Männerwitz- (Verstand) Brecherin.

2*

dann sprang er vom Hochsitz und griff nach dem
Bragibecher, auf welchen die Gelübbe geleistet
werden: einmal noch hielt er an sich, setzte den
Bragibecher nieder und fragte:

> „Schnell sage noch, Skalde,
>
> — Du schautest sie oft schon —
>
> Die Männer-Scheue,
>
> Ist sie auch schön?
>
> Die Man-Vits-Brela,
>
> Wie 'stünd' ihr das Brautband?"

Vandrad gab Bescheid:

> „Nicht leis und linde
>
> Ist sie, noch lieblich:
>
> Doch stolz und stattlich
>
> Steht ihr die Gestalt
>
> Und Keine könnte
>
> So kühnlich tragen
>
> Königskrone."

Da nahm Halfred den Bragibecher wieder
auf, schritt auf die oberste Stufe, die zu seinem
Hochsitz führte und blieb stehen, wo gerade in

der Mitte mit rothen Runen ein Kreis in den Eichen-Estrich gebrannt war, so schmal, daß ein Mann nur mit Einem Fuß darein treten konnte: Halfred kniete nieder, setzte dabei den linken Fuß in den Kreis und hob den Bragibecher mit der Rechten hoch über sein Haupt.

Und Alle waren sehr begierig zu hören, was er nun spräche: denn das ist ja die allerstärkste und feierlichste Art, Gelübde zu leisten. Halfred aber sprach:

>"Bevor noch des Sommers
>Sonnenwende
>Zur See sich gesenkt hat,
>Hol' ich Harthild,
>Hartstein's Tochter,
>Mir als Hausfrau
>Hierher in die Halle:
>Sonst halte mich Hel.
>
>Ihre spitzen Sprüche,
>Ich will sie sprengen:

Ihre Runenräthsel

Will ich rathen:

Unverschoren, unverschändet,

Diesen schwarzen Scheitel schütteln:

Ihr mannverachtend

Magdthum meistern,

Will Weibes-Weise

Sie gewöhnen:

Die Man-Vitz-Brela

Will ich brechen:

Einen edlen Erben

All' meines Eigens

Soll sie im Sal bald

Säugen, den Sohn, mir

Und in Schlaf ihn singen

Mit seines Vaters

Siegesgesängen:

Sonst halte mich Hel."

Das war damals des Julfestes Ende: denn
alle Gäste fuhren mit großem Geschrei von ihren
Sitzen empor und lärmten durch einander und

tranken Halfred Heil zu und riefen, das sei das beste und trefflichste Gelübbe, das seit Menschengebenken gelobt worden im Norbland.

Und warb der Aufruhr so groß, daß Halfred von dem Hochsitz herab Einhalt gebieten mußte und den tosenden Helden bald den Endetrunk reichen ließ.

Und Halfred sagte mir, daß ihn, als er unter den Sternen hin über den Hof nach seinem Schlafhause ging, das Gelübbe reute: nicht, weil er König Hartstein's Hammerwerfen fürchtete oder seiner Tochter Räthsel scheute: aber weil es für einen Mann weiser ist, eine Jungfrau erst zu schauen, bevor er sie zu seinem Weibe bestimmt.

IV.

Und als die Austr-Wogen eisfrei geworden, schwamm der Sing-Schwan gen Svearike und durch mancherlei Fährlichkeiten bis in den großen See, der Upland gegen Mittag und gegen Aufgang liegt und fuhr von da auf einem Strom, so weit er Schwimmgrund fand, aufwärts gegen Tiunbaland und nach Upsala.

Und glaubt nun wohl Mancher, daß Halfred große Kämpfe und Mühe gehabt habe, König Hartstein und seine Tochter zu besiegen und erwartet das nun gesagt zu hören.

Aber davon ist gar nichts zu sagen: denn es ging ihm da Alles leicht und rasch nach dem

Wunsche, was die Heidenleute wieder als von dem Wunschgott so gefügt rühmten.

König Hartstein war sonst ein kieselherziger Mann, voll Mißtrauen und karg an Worten: als er aber Halfred sah und anrief, wie dieser in seiner Halle vor seinen Königstuhl trat, und ihn fragte: „Frembling, was begehrest du in Tiunbaland und von König Hartstein?"

Und als Halfred ihm mit jenem Lächeln, das ihm der Wunsch geschenkt, in die harten Augen sah und freudig sagte: „Das Beste will ich, was Tiunbaland und König Hartstein haben, seine Tochter" — da war des alten finstern Mannes Herz sofort gewonnen und er wünschte sich Halfred heimlich in seinen Gedanken zum Eidam.

Und sie gingen hinaus in den Hof zum Hammerwurf und der König warf gut: aber Halfred warf noch viel besser, und war so das erste Spiel gewonnen.

„Schwerer wird dir das zweite scheinen," sagte

der Alte und führte Halfred in die Stemma,
das Frauengemach, wo die Männerwitzerbrecherin
in glänzend dunkelblauem Mantel saß unter ihren
Mädchen, um Hauptes Länge sie alle über-
ragend.

Und sie sagen, als Halfred in das Gemach
trat und sein Blick sie traf, erschrak sie heiß und
ein Gluthstrahl färbte ihre Wangen hochroth und
verwirrte sie.

Und gewiß ist, daß sie sich mit einer goldnen
Spindel, mit der sie gespielt mehr als gesponnen
hatte, in die Finger stach und sie klirrend fallen
ließ.

Aber Subha, die vornehmste ihrer Jung-
frauen, des Königs von Halogaland gefangene
Tochter, die ihr zur Rechten saß, hob die Spindel auf und behielt sie: und Viele deuteten das
später als ein böses Zeichen.

Damals aber achtete man kaum darauf.

Und Bandrad der Skalde sagte später Halfred,

daß das Weib elfenpfeil getroffen ward, da sie
ihn zuerst sah; er aber sprach darauf ernsthaft:
„Es wäre besser, ich wäre bei ihrem Anblick elfen-
wund geworden! Aber ich blieb ganz heil."

Und alsbald versammelte König Hartstein alle
Hofleute, und die Frauen der Burg und die Gäste
in der Halle zu dem Räthselrathen.

Und Harthild stand auf von dem Armstuhl
zu seiner Rechten und ward roth im Antlitz, als
sie auf Halfred blickte, was ihr — wie sie sagen —
vordem nie widerfahren war bei dem Heraus-
fordern zum Räthselrathen.

Sie schwieg eine Weile, sah vor sich nieder,
blickte abermals auf Halfred — diesmal aber
mit forschendem und trotzigem Auge — und sie
begann:

„Was hallt in Walhalla?
Was hehlt sich in Hel?
Was hämmert im Hammer?
Was hebt sich im Helm?

Was beginnet die Heerſchlacht?
Was ſchließet die Ruh?
Und was hält in Harthild
Das Haupt und das Herz?"

Und wollte ſich ſetzen, wie ſie pflag, nach=
dem ſie das Räthſel aufgegeben: aber ſtarr vor
Schreck blieb ſie ſtehen und griff nach der Stütze
des Armſtuhls, als Halfred ſofort ohne Beſinnen
die rechte Hand gegen ſie erhob und ſprach:

„Hältſt du nicht Härteres,
Herrin, verhohlen,
So kränze das Haupthaar
Hurtig zur Hochzeit!
Denn was hallt in Walhalla,
Was in Hela ſich hehlt,
Was da hämmert im Hammer
Und ſich hebet im Helm,
Was die Heerſchlacht beginnet
Und ſchließet die Ruh',
Was Harthild der Hohen

Das Haupt und das Herz hält,

Das hüpfet ihr heimlich

Im Hochgang des Herzens

Und hat heute Halfred

Zu Harthild verholfen —

Die heilige Rune: — —

Das hauchende H!"

Da sank Harthild zornesbleich auf den Stuhl und verhüllte das Haupt mit dem Schleier.

Als Hartstein, ihr Vater, herantrat unter dem lauten Staunensruf der Hörer in der Halle und ihr den Schleier von dem Antlitz ziehen wollte, sprang sie auf, schlug heftig den Schleier zurück — da sah man, daß sie geweint hatte — und rief mit rauher Stimme:

Gerathen hast du

Die Räthselrede:

Mit Witzes Gewalten

Gewonnen ein Weib:

Weh dir, wenn weich du
Sie nicht dir gewöhnest."

Alle schwiegen, bang über die drohenden, nicht bräutlichen Worte.

Halfred brach endlich die Stille: er warf das Haupt in den Nacken, das schwarze Gelock schüttelnd, und lachte: „Ich wag' es darauf! König Hartstein, noch heute zahl' ich dir den Muntschatz: wann rüsten wir den Brautlauf?"

V.

König Hartstein aber verlangte Aufschub bis Hartvik und Eigil zurückgekehrt wären von einer Heerfahrt: dann sollte ihr Empfangsfest und die Hochzeit zugleich gefeiert werden.

Es war aber Hartvik der Sohn des Königs, der echte Bruder Harthild's, und Eigil war ein Brudersohn des Königs und Harthild's Vetter.

Und hätte gerne Harthild als sein Weib davon getragen; aber diese hatte ihm gesagt: "Räthst du mein Räthsel nicht, wird dir dein verschnitten Haar zum Schmerz; und räthst du mein Räthsel und werb' ich dein Weib, so wird dir das noch viel härterer Schmerz. Denn mein

Herz weiß nichts von Liebe zu dir und wehe dem, der mich ohne Liebe zum Weibe gewinnt."

Da stand Eigil traurig ab, obwohl er ein guter Räthselrather war. —

Und als Hartvik und Eigil eingetroffen waren, wurde das bald eine große Freundschaft zwischen Halfred und Hartvik und Halfred und Eigil und liebten ihn Beide bald so sehr, daß sie sagten, sie wollten ihr Leben für ihn lassen.

Und ist das zwischen Halfred und Hartvik kein großes Wunder, weil eben Halfred aller Menschen Herz gewann.

Aber das mag wohl Viele erstaunen, daß auch Eigil ihn so lieb gewann, der doch noch immer große Liebe zu Harthild trug wie zuvor und der doch deutlich sah, wie Alle, welche Augen hatten, daß die herbe Jungfrau, die Manvitsbreka, ganz erfüllt war von Liebe zu Halfred.

Und Eifersucht läßt doch sonst oft nicht erkennen, daß die Nachtsängerin lieblichere Stimme führt denn die Nebelkrähe.

Hartvik und Eigil liebten nun aber Halfred so sehr, daß sie ihn baten, sie als Blutsbrüder anzunehmen.

Und an dem Tage, ehe man die Hochzeit rüstete, wurden also Hartvik und Eigil Halfred's Blutsbrüder.

Sie traten mit ihm — wie die Heidenleute thun — unter einen Rasenstreifen, der auf Speeresspitzen über ihre Häupter erhöht wurde, an beiden Enden mit der Erde noch zusammen- haltend.

Und mischten das Blut, das aus ihren ge- ritzten rechten Armen zur schwarzen Erde unter ihren Füßen träufelte.

Damit verwünschten sie ihre Häupter auf ewig den untern Göttern, wenn je einer der Blutsbrüder den andren in Gefahr und Noth verließe.

Und so stark gilt dieser Bund und Schwur,
daß selbst gegen die eigenen Gesippen, ja gegen
den eigenen Vater, der eine Blutsbruder dem
andern im Kampfe beistehen muß bis auf den
Tod. —

VI.

Am Tage nach der Hochzeit aber ritt Halfred allein in den Föhrenwald.

Er wollte sinnen, sagte er, und wies Harthild, die mit ihm reiten wollte, und auch seine Blutsbrüder zurück.

Finster sah ihm Harthild nach, als er aus dem Hofe ritt.

Aber auch Sudha, die schöne Königstochter aus Halogaland, sah ihm nach aus einem verhangenen Fenster und strich langsam ihr blauschwarzes Haar aus den Schläfen.

Es trug aber Vandrad der Skalde, der manchmal an Hartstein's Hofe zusprach und auch dießmal dort zugegen war, seit lange Liebe zu Subha.

Und hatte er oft von König Hartstein ihre Freilassung erbeten, aber umsonst: der harte Mann wies ihn immer ab.

Und hatte sie ihm früher nicht ungern zu= gehört, wenn er sang.

Als er aber in diesen Tagen zu ihr trat und ihr von einem Liebe sprach, das er ihr zum Preise gedichtet, wendete sie sich ab und sagte: „Nur Einem haben die Götter Honig auf die Lippen gelegt."

Und als gegen Abend Halfred aus dem Föhrenwalde nach der Königsburg zurück lenkte — er führte das müde Roß am Zügel, denn der Mond schien nur ungewiß durch sturm= zerrissen Gewölk, — da saß auf dem Runen= stein, hart am Wege, ein tief verhülltes Weib, rief ihn an und sprach:

„Halfred, Hamund's Sohn, warum reitest du

am erſten Tage deiner Ehe einſam in dem Föhrenwald?"

„Wenn du das weißt, o weiſe Wala," ſagte Halfred anhaltend — und einen Seufzer hauchte er, — „dann weißt du mehr als Halfred, Hamund's Sohn."

„Ich will dir's ſagen," ſprach die Verhüllte, „du haſt ein Weib geſucht und eine Männin gefunden, rauh und herb und ohne Reiz. Der Singſchwan hat ſich mit des Geiers Brut gepart. Du korſt den harten Kieſelſtein — daneben lag zu deinen Füßen, glühend empor duftend, die Roſe."

Da ſchwang ſich Halfred aufs Roß und rief der Verhüllten zu:

„Höher halt' ich das Weib, das zu hart iſt, als das zu heiß!"

Und ſprengte davon.

Und ſah, wie er mir ſagte, nur einmal zurück. So ſchön, ſagte er, war ſie nie zuvor gewefen im Tagesglanz wie nun im Mondlicht: ihre schwarzen Augen leuchteten — denn fie hatte die Kopfhülle herabgeriffen — und fie rief ihm feinen Namen „Halfred!" nach — und ihr blau= schwarzes Haar flatterte im Nachtwind wie ein Geifterfchleier um fie her.

VII.

Und als der Hochwinter vergangen und der
Lenz gekommen war, sandte Halfred Botschaft
gen Upsala zu König Hartstein, daß zur Sommersonnenwende Frau Harthild eines Kindes genesen
werde.

Und hätten die weisen Frauen Stabrunen
über sie geworfen siebenmal und jedesmal aus
untrügenden Zeichen erkannt, daß das Kind ein
Sohn sei.

Und habe man ihm schon den Namen erkoren:
Sigurd Sigskaldsohn.

Und lud Halfred den König und Hartvik und
Eigil und Vandrad den Skalden und alle Burg-

leute zu Upsala, so viele die Schiffe fassen würden, zu sich zu Gast nach Hamunds-Halle, zwanzig Nächte vor der Sonnenwende.

Und sollte da zur Geburt und Namengebung
des Knaben ein großes Fest gefeiert werden, wie
nie zuvor gehalten worden auf Island.

König Hartstein aber gab Bescheid, daß er
und all die Seinen, so viel zwölf Schiffe tragen
könnten, dem Gastgebote folgen würden.

Und kamen denn auch zu Anfang des Sommer-
hüttenmonats König Hartstein und Hartvik und
Eigil und viele hundert der Burgmänner von
Upsala und Leute aus ganz Tiunda-Land.

Und unter den Frauen, welche mitgekommen
waren, stieg als die Erste von Bord Sudha; sie
hatte gebeten, sie mitzunehmen, aus Sehnsucht
nach Harthild.

Es war aber wieder große Freundschaft unter
Halfred und seinen Blutsbrüdern Hartvik und
Eigil: sie theilten Tafel, Salz und Brot.

Und erwartete man die Geburt des Hallerben
auf die Sonnwendtage und rüstete in der Methhalle ein großes Fest.

Reiche Wandverhänge aus gewebten und seid-
nen Stoffen, die Halfred aus den Inseln von
Grekaland davon getragen, wurden da an den
Holzwänden der Trinkhalle aufgezogen; der Boden
ward mit Binsen und reinem Stroh fußhoch bestreut, die langen Tafeln und Bänke waren in
einer Querreihe und zwei Langreihen aufgestellt.

An allen Pfeilern der Wände aber hingen
künstlich durch einander gesteckt Beutewaffen, welche
auf geentertem Schiff, gestürmter Burg, gewon-
nener Walstatt der Wiking aufgelesen.

Auf den Schenktischen umher aber waren die
vielen Becher und Hörner aufgereiht aus Gold,
Silber, Erz, Bernstein und Edelgehörn, welche
der Sigskald in den Hallen der Könige ersungen
hatte.

Auf dem Hochsitz war für König Hartstein

zur Rechten des Hauswirths ein Thronstuhl gestellt.

Vor Halfred unmittelbar aber ragte der halb=mannshohe Leuchter aus Grekaland mit den sieben flammenden Armen.

Eigil und Hartvik sollten zu seiner Linken, die Gäste aus Tiundaland und die andern Fremden auf der Langbank zur Rechten, die Hausleute aber und die Inselmänner auf der Langbank zur Linken von dem Hochstuhl sitzen.

Die vornehmsten der Gäste erhielten sogar auch Rückenpolster, welche aus einem verbrann=ten Säulen=Marmorhause an der Küste von Numaburg stammten.

Die Frauen aber sollten die Halle nicht be=treten, sondern bei Harthild im Frauensale weilen, deren Stunde zu erwarten.

So war Alles schön geordnet und sagte mir Halfred selbst, daß er weder als Gast noch als Wirth jemals herrlichere Festrüstung gesehen habe.

Zwei Tage vor dem Fest, als Halfred sonnen-
und sommermüde nach dem Mittagsmal auf
seinem Lager lag, glitt Subha leise in die Thür,
trat vor ihn und sprach:

„Halfred, Singkunst, Sieg und Ruhm hast
du seit zwanzig Jahren, du hast ein Weib seit
einem Jahre, du wirst einen Erben haben in
Bälde. Niemals aber hast du Freya's Gabe, die
Voll-Liebe, gekannt — widerrede mir nicht —:
dein Auge meidet Frau Harthild's suchenden Blick
und wenn du in die Saiten deiner Harfe träu-
mend greifst, schaust du nicht in Frau Harthild's
hart-herbes Gesicht, sondern aufwärts nach den
Sternen.

Halfred, nicht in den Wolken weilet, was
du ersehnst, nicht aus den Sternen wird dir's
niederschweben, auf Erden wandelt es dahin, es
ist ein Weib, das den Singschwan mit Liebreiz
mit Weibeszauber zwingt.

Wehe dir, wenn du sie niemals findest.

Und gewinnst du allen Ruhm mit Schwert und Harfe — das Beste bleibt dir dann doch versagt.

Du fragst, was mich so weise macht und so kühn zugleich?

Die Liebe, die Voll-Liebe zu dir, du reicher, armer Sigskalbe.

Sieh, ich bin nur ein Weib, eine Gefangene, aber ich sage dir, es giebt auch ein Weibes-Heldenthum.

Ich habe es mir bei den untern Göttern gelobt, als ich deine Heimaterde betrat: hier auf Island gewinne ich mir deine Liebe oder den Tod."

Da stand Halfred auf von seinem Lager und sprach:

„Weisheit und Wahnwitz hast du gemischt geredet. Aus dir redet mehr als Subha, redet ein göttergeschlagener Geist.

Mich ergreift Grauen und Mitleid: ich will

von König Hartstein deine Freiheit fordern: dann
ziehe heimwärts nach Halogaland: dort magst
du Glück finden in eines wackern Helden Armen:
hier aber sei dir heilig Frau Harthild's Recht
und Herd, nicht störe ihr Glück."

Und er ergriff seinen Speer und schritt hinaus.
Subha aber rief ihm nach, daß er's noch ver=
nahm: „Ihr Glück? sie ahnt ihr Elend längst;
bald soll sie klar erkennen, die Hochfährtige, daß
sie unendlich elender ist als Subha."

Am Abend desselben Tages aber rief sie
Vandrad den Skalden, der noch immer große
Liebe zu ihr trug, an den Brunnen im Hofe,
wie ihn zu bitten, ihr den schweren Wassereimer
aus der Tiefe zu ziehen, so hat Vandrad sterbend
später Halfred selbst erzählt.

Als er aber den Eimer auf den Brunnen=
rand gehoben hatte, legte sie leise einen Finger
auf seinen nackten Arm und sprach:

„Vandrad, komm' heute Nacht hierher, wenn

der Stern Oervandil's sich just in diesem Brun=
nen spiegelt.

Du sollst mir Alles sagen, wie das damals
herging bei dem Gelübde auf den Bragibecher."

Vandrad bedachte sich und sah sie zögernd an.

Da sprach sie: „Vandrad, ich schwöre dir bei
Freya's Halsgeschmeide, ich werde dein Weib,
wenn ich dies Eiland verlasse. Willst du nun
kommen, und Alles mir künden?"

Da gelobte Vandrad zu thun, wie sie be=
gehrt.

VIII.

Das Fest der Sommersonnenwende wurde nun gar herrlich gefeiert in der Halle.

Und waren da wohl tausend Gäste innerhalb des Sales, viele hunderte aber des Gesindes und der Knechte lagerten rings um den Bau im Freien.

Außer den Gästen aus Svearike waren da von allen Nachbarküsten und Eilanden viele Jarle, Goden und große Häuptlinge gekommen; so aus dem fernen Irland die Könige Konal und Kiartan aus Dyflin; aus Sialanda die Dänen-Jarle Hako und Sveno von Lethra; dann aus West-gothland die drei Brüder Arnbiörn, Arngeir und

Arnolfr, Jarle der Westergothen; diese hatten lange in Blutrache, die erst kürzlich durch Sühne= geld beigelegt war, gelebt mit den beiden Fürsten= brüdern aus Ostgothaland, Helge und Helgrimr.

Und waren diese Beiden und jene drei Män= ner nur mit starkem Gefolge in vielen Waffen aufgebrochen, als sie vernahmen, daß auch die Gegner zu dem Feste Halfred's geladen seien.

Und hatte Halfred Sorge getroffen, daß die Gefolgen der Fürsten aus Westgothaland zur Linken, die aber aus Ostgothaland zur Rechten, beide im Rücken der Halle, in Tannenhütten untergebracht wurden.

Und trennte eine Holzwand mit starkver= schlossener Pforte die beiden Lagerungen.

Aber auch aus andern Thälern von Svea= rike außer Tiundaland, aus dem Eisenland, aus Herjadal, Jemtland und Helsingaland waren viele Gäste gekommen, oft alte Feinde der Leute aus Tiundaland.

Es hatte aber das Fest sehr schönen Fortgang von Tagesanbruch an bis in die Nacht. Und da man in der Halle und draußen, wo das fremde Gesinde lagerte, viele Pechfackeln und Feuer anzündete — vor Halfred aber brannte der siebenarmige, schwere Leuchter — ward das erst ein recht frohes Sonnenfeuerfest.

Und sprangen die Männer, die Trinkhörner schwingend und leerend, über die Flammen und die Skalden sangen in Liedern, welche sie, plötzlich aufstehend dichteten, in die Wette Loblieder auf Halfred und seine Thaten mit Hammer und Harfe und auf den Singschwan und die Halle und das Fest.

Und rühmten auch alle die fremden Könige, daß sie noch nie so herrliche Sommersonnenwende gehalten, weder daheim noch in den Hallen anderer Wirthe.

Halfred saß freudigen Herzens auf dem Hochsitz; er winkte seinem Harfenträger, ihm die

Silberharfe zu bringen: denn er wollte enblich den vielen Ehrenliedern der Skalden und den Preiseworten der Gäste mit einem Dank- und Willkommlied erwidern, — — da begann das Geschehnis zu geschehen, das Halfred und sein Haus und die Männer von Tiunbaland und alle Gäste und viele hundert andere Männer und Frauen, auch ganz fremde und ferne, welche nie von Halfred und Harthild gesehen oder gehört, in Blut und Feuer verderben sollte.

Auf that sich nämlich die Hauptthüre der Halle, gerade dem Hochsitz gegenüber, und herein schritt Frau Harthild.

Hochaufgerichtet schritt sie, das Haupt in den Nacken geworfen; sie hatte einen langen, schwarzen Mantel um Haupt und Hals und Brust und den ganzen Leib geschlagen, er wallte nachschleppend hinter ihren Füßen wie Kräuselwoge hinter Ruderschiff.

Und Halfred sagte mir, ihm war damals,

als schreite die furchtbarste der Nornen in den Sal.

Sie ging, gefolgt von Subha und ihren Frauen, mitten durch die Halle, den Blick nur auf Halfred gerichtet.

Langsam, schweigend schritt sie die sechs Stufen des Hochsitzes hinan und hielt hart vor Halfred an dem Tisch.

Nur der schwere Leuchter stand zwischen Beiden.

Alle Männer aber in der Halle verstummten und schauten empor zu dem schwarzen Weibe, das einer dunklen Wetterwolke glich.

„Halfred Hamundsohn,“ — hob sie an und ihre Stimme war laut und doch ohne Klang — „Antwort erheisch' ich auf zwei Fragen vor diesen zehnmal hundert Hörern in deiner Halle. Lüge mir nicht!“

Da schoß Halfred das Blut in die Stirn, mächtig fühlte er die Schläfenader pochen: — „wenn ich spreche oder handle,“ sagte er noch

4*

zu sich selbst, „weiß ich nicht, was ich sprechen oder thun werde: so will ich schweigen und nichts thun."

Harthild aber, die linke Faust in die Hüfte gestemmt, fuhr fort:

„Hast du mir in jener ersten Nacht, da ich deine Hand an meinem Gürtel festhielt und dich frug, ob du mir Liebe tragest, Ja! gesagt oder Nein!? Gieb Antwort, Sigskald, ich und die Götter wissen drum!"

„Ja," sagte Halfred und furchte die Brauen.

„Und ist es wahr, was Vandrad der Skalde geschworen, daß du hier, in der Halle, beim Julfest, nach vielen Hörnern Methes, in über- müthiger Laune, gelobt, aus frevler Wettlust, vor der Sommersonnenwende die Manvitsbrecherin zu brechen, wie ein störriges Roß: und zur Lösung dieses Prahlworts auszogst du nach Tiundaland und bliebst ganz heil, wie du geseufzt, bei mei- nem Anblick?

Sage die Wahrheit — lüge nicht wieder —! dich hören tausend Hörer, du herrlicher Sohn des Wunsches, ist es so?"

Da ergrimmte Halfred im tiefsten Herzen, doch er bezwang sich und sprach fest und ver. nehmlich:

„Es ist wie du gesagt."

Da richtete sich Harthild noch höher empor und wie zwei Schlangen schossen die Blicke des furchtbarsten Hasses aus ihren Augen und sie sprach:

„So sei verflucht vom Scheitel bis zur Sohle, der du ein armes Weib belogen und geschändet!

Fluch über deine stolzen Gedanken — Wahn= sinn soll sie schlagen!

Fluch über deine falschen Augen — Blind. heit soll sie treffen!

Fluch über deine lügenden Lippen — sie sollen verlechzen und nie mehr lächeln!

Fluch über deine schmeichelnde Stimme — sie soll verstummen!

Dein Haus und die Halle in Lohe verbrennen, verbrennen der Singschwan!

Hand soll dir erlahmen, Hammer nicht treffen, Harfe zerspringen.

Sieg sei dir versagt in Schlacht und Gesang.

Nichts soll dich mehr freuen, was sonst dich erfreut: die Sonne des Lenzes, die Blume des Waldes, das Feuer des Weines, der Amsel Ge= sang und des Abendsternes Gruß: schlummerlos wälze das stöhnende Haupt und naht dir der Schlaf, sei's mit würgendem Traum!

Doch zweifacher Fluch soll euch Beide zer= fleischen, wenn Weibesliebe du wieder gewinnst.

In Irrsinn und Siechthum soll sie verderben, die du mehr als deine Seele liebst.

Aber der Sohn, den ich Unselige gebären muß, er soll der Mutter Rächer sein am Vater!

Lügnersohn, Neidingssohn, Harthildsrache soll

er heißen und dereinst dich Niederträchtigen treffen,
wie vor allen Männern dich zu schänden dir jetzt
ins Antlitz schlägt meine Hand!"

Und hoch erhob sie die flache Rechte und
führte einen Streich über die Tafel hin nach
Halfred's Haupt.

Dieser sprang empor: zur Abwehr solcher
Schmach fuhr er mit dem linken Arm entgegen.

Da stieß er an den schweren siebenfachflam-
menden Leuchter: schmetternd schlug das Erz mit
allen sieben Flammen auf Frau Harthild's Brust
und Leib, dann zur Erde.

Wie vom Blitz entzündet stand das Weib in
flammender Lohe, Mantel und Haare brannten
hell auf.

Schon auch brannte das dichte trockne Stroh,
das fußhoch den Estrich bedeckte.

„König Hartstein, räche dein Kind!" schrie
Harthild auf vor Schmerz; sie glaubte, aus

Zorn habe Halfred den Leuchter auf sie ge-
schleudert.

Dasselbe glaubte der König: und während
Halfred rettend nach dem brennenden Weibe griff,
schlug ihm König Hartstein mit dem Aufschrei:
„Nieder du Neiding!" einen scharfen Schwertschlag
an die Stirn, daß er betäubt niederstürzte.

Und hätte ihn da mit einem zweiten Streich
getödtet, wenn nicht Eigil und Hartvik herzu
springend den Blutsbruder rasch davon getragen
hätten.

Und war dies, daß Halfred gleich zu Anfang
nicht abwehren und gebieten konnte, der Haupt-
grund des Verderbens; er allein hätte das ver-
mocht.

Nun aber erfüllte das brennende Weib und
das flammende Stroh Alles mit plötzlichem Entsetzen —:

Die Leute aus Tiunbaland fuhren auf in
Wuth, da sie ihre Königstochter in Flammen

niederstürzen sahen auf prasselndes Stroh: und
die Genossen Halfred's rissen die Schwerter heraus,
da sie ihren Herrn blutend fallen sahen: und
Brand, Rauch, Geschrei der Weiber, Racheruf der
Männer erfüllte den Sal.

Und brach da ein Kampf und ein Verderben los in der Halle, riesengroß, wie seines-
gleichen, sagen die Heidenleute, nur zur Zeit
der Götterdämmerung wiederkehren wird, wann
alle Asen und Riesen, Wanen und Elben, Ein-
herier, Menschen und Zwerge sich erschlagen
und Himmel, Erde und Hel in Lohe verbrennen.

Harthild trugen ihre kreischenden Frauen in
brennenden Kleidern hinaus.

Nur eine fehlte: Subha drang durch Flammen und Waffen, wo Halfred auf der Blutsbrüder Knieen lag:

„Todt?" rief sie —, „todt durch Subha? So
theilen wir den Tod, wenn nicht das Leben!"

Und zuckte Halfred's Dolch aus dessen Gürtel und stieß ihn tief sich in die Brust.

„Tobt Halfred um meine schwatzende Zunge! Tobt Sudha!" rief Vandrad der Skalde. „Ich räche dich, Halfred!"

Und riß einen Wurfspeer aus den Beutestücken, die an den flammenumleckten Holzpfeilern hingen, und warf ihn König Hartstein sausend in die Schläfe, daß er tobt umfiel.

Wild aufschrieen da die Leute aus Tiundaland und ihre nahen Gesippen aus Westgothaland um Rache für Harthild und König Hartstein.

Und der Jarl Arnbiörn aus Westgothaland faßte einen schweren ehernen Henkelkrug mit beiden Händen und schleuderte ihn auf Vandrad's Stirn, daß dieser stürzte.

Als aber die Fürsten aus Ostgothaland dieses sahen, daß ihr Tobfeind zu den Männern aus Upsala half, da fielen sie, Helgi und Helgrimr,

mit ungefügen Streichen über die alten Feinde
und die Gäste aus Upsala zusammen her.

Und konnte nun Keiner mehr daran denken,
zu löschen das prasselnde Stroh auf dem Estrich
oder die leise brennenden Seiden- und Wollvor-
hänge an den Wänden oder die Holzpfeiler, an
welchen die Gluth emporzüngelte.

Denn blindlings flogen schon Speere und
Äxte und die goldenen und silbernen Trinkhörner:
und Mancher, der zum Frieden gemahnt oder die
Brände hatte zertreten wollen, war gefallen, von
beiden Seiten getroffen.

„Wollen wir allein müßig stehen von den
fremden Gästen bei dieser blutigen Sonnwend-
feier?" sprach da der Dänenjarl Hako zu dem
Irenkönig Konal, „daß uns die Skalden trink-
tapfer, aber schlagfeige schelten? Wir haben einen
alten Streit um geraubte Rosse, laß ihn uns
hier ausfechten! du irischer Grünspecht!"

„Du Säufer aus Seeland!" gab dieser zur

Antwort, „dir lösch' ich für immer den Durst und
die Lästrung!" und stieß ihm das breite, kurze
Iren-Messer durch die Zähne in den Schlund.

Da schlug Sveno, sein Bruder, grimmig auf
den König ein und kämpften nun die Gefolgen,
Dänen und Iren, für sich allein in der Vorder-
seite der Halle ihren Kampf: und sperrten so die
Thüre, daß Niemand aus der Halle ins Freie
sich retten konnte.

Und die keine Waffen bei sich hatten, rissen
die Beutewaffen von den Pfeilern: oder schleuder-
ten die schweren Trinkhörner und schon auch die
flammenden Holzscheite und Balken, welche rings
von dem Dachgezimmer niederstürzten: und statt
der Schilde deckten sie sich mit den Tafeln der
Tische.

Und schlugen nun wild durch einander die
Leute aus Tiundaland und Island, aus West-
gothaland und Ostgothaland, aus Seeland und
Irland.

Und wußte kaum Einer noch, wer Freund und Feind.

Und sanken viele, viele Männer durch Blut=wunden und Brandwunden.

Und endlich hatte die Flamme das Dachge=rüst durchbrochen und stieg hochauflohend zum Himmel.

Und als der Wind von oben in die schwelen=den Vorhänge an den Wänden blies, da flacker=ten auch sie plötzlich in heller Lohe.

Und nun stürzte der Firstbalken krachend herab — — und darauf erscholl ein Ton, als ob vierzig Harfensaiten auf einmal sterbend aufschrieen. Und war das auch so: denn der Balken hatte Halfred's Silberharfe, die dicht neben seinem Haupte lag, mitten entzweigeschlagen.

Bei diesem schwirrenden Harfenschrei schlug Halfred die Augen auf und sah um sich: und kam ihm die volle Wahrheit.

Und sprang auf und schrie dröhnend durch

Mord und Flammen, — Hartwik und Eigil hielten Schild und Schwert schützend über ihn: —

„Halt! Friede! Friede in der Halle! Zauber
hat uns Alle verwirrt! Löscht, löscht das Feuer,
das uns Alle verzehrt!"

Und so groß war sein Ansehen bei Freund
und Feind, daß einen Augenblick Alle innehielten.

Horch, da donnerten von außen an die Hinter-
pforte der Halle mächtige Axtschläge und der Ruf:

„Halfred, Halfred rette dein Haus, rette den
Singschwan!"

Krachend fiel die Pforte einwärts und neues
Verderben ward sichtbar, die in der Halle kaum
für einen Athemzug erstickte Kampfesgluth neu
entfachend.

Halfred sah durch die Thürpfosten: seine Erbhalle und die Schiffe im Hafen und der Singschwan standen in Flammen.

Die Gefolgen der Fürsten aus Westgothaland, die in den Tannenhütten gelagert waren,

hatten zuerst den Lärm des Kampfes gehört und den Brand der Halle gesehen: „Zu Hülfe, zu Hülfe unserem Herrn!" schrieen sie, rissen die Holzwand nieder, welche sie von der Methhalle schied, und wollten auf diese los eilen.

Aber da warfen sich ihnen ihre feindlichen Nachbarn, die Gefolgen der Fürsten aus Ost= gothaland, entgegen, sie zu hemmen: waren je= doch zu schwach, das offene Feld zu halten und wichen theils in das Wohnhaus Halfred's, theils auf ihre Schiffe in dem Fjord zurück.

Jauchzend folgten die Sieger, drangen mit den Weichenden in die Wohnhalle Halfred's, stürm= ten gegen die Schiffe in der Bucht, und Wohn= halle und Schiffe standen plötzlich in Flammen, sei es von den Stürmenden in Brand gesteckt, sei es, daß der starke Südwind Funken und brennende Splitter von dem Dache der Meth= halle herüber geweht hatte.

Halfred warf noch einen Blick auf seine zer=

trümmerte Harfe, auf das brennende Erbhaus seiner Väter — dann faßte er den Hammer fester und rief:

„Hierher Alle zu mir, Halfred's Gesellen, räumet die Halle, rettet den Schwan!"

Und in mächtigem Anlauf, den Hammer um das Haupt schwingend, durchbrach er die Reihen der Männer, welche sofort den Kampf wieder erneut hatten.

Hartvik und Eigil folgten ihm auf den Fersen und viele der Seinen und auch der Feinde.

Die aber nicht mit ihm die Trinkhalle ver= ließen, die waren gleich darauf fast Alle des Todes.

Denn mit dumpfem Krach fiel hart hinter Halfred das ganze brennende Balkendach nach innen in die Halle.

Halfred sah zurück im eiligen Lauf: hoch schlug die Lohe noch einmal empor und der Schrei von hunderten Erschlagenen: dann ward es still in der Sonnwend=Festhalle.

Halfred rannte weiter, gefolgt von Freund
und Feind, vorüber an seines Vaters Halle:
er sah die Flammen an den Pfeilern empor-
steigen und von drinnen scholl wüster Mord-
lärm.

Eine erschlagene Magd lag auf der Schwelle.

Bald hatten Halfred und die Seinen die Bucht
erreicht, wo der Kampf um die hochbordigen
Schiffe wogte. Viele brannten. Manches Drachen-
haupt schien Feuer und Rauch zu speien.

Um den Singschwan aber tobte am grimmig-
sten der Streit: dicht geschart umdrängten ihn
die Feinde: watend, schwimmend, in Booten und
auf Flößen drangen sie hinan, andere schossen
vom Lande Pfeile und Speere auf die Verthei-
diger: und mehr als ein Brandpfeil hatte zündend
getroffen.

Der linke Flügel des kunstvoll geschnitzten
Schwanes stand in Lohe, die Taue und Segel
hinan züngelte die Flamme: gerade, als Halfred

Dahn, Sind Götter?   5

das Gestade erreichte, erfaßte sie den Mast=
baum.

Da ergriff ihn Schmerz und Grimmzorn, die
Schläfenader schwoll ihm fast wie ein Kindes=
finger an:

„Löscht, löscht! all' ihr Hände auf Deck!
Rettet den Schwan! Durchhaut die Ankerseile,
treibt in See! Fechtet nicht mehr, fechten will
ich für euch Alle!"

Und die Getreuen gehorchten: die Schiffs=
männer ließen vom Kampf und mühten sich nur,
die Flammen zu löschen, was auch bald gelang,
als keine Brandpfeile mehr vom Lande flogen
und die Feinde von dem Schiffe lassen mußten.

Denn Halfred wüthete grimmig, wie man ihn
nie hattte kämpfen sehen! mit lautem Schlacht=
ruf sprang er auf die Leute aus Westgothaland
und Tiundaland und schlug sie nieder, einen
nach dem andern.

Getreulich halfen ihm Hartvik und Eigil,

seine Blutsbrüder, und schonten diese ihre eigenen Landsleute und Vettern gar nicht, sondern gedachten des Bluteides, der sie enger an Halfred band als an die eigenen Gesippen.

Und wichen die Feinde vor Halfred und den Seinen aus dem freien Felde in das Erbhaus, das halb niedergebrannt war, und verrammelten es.

Und so stürmte er sein eignes Erbhaus, in welchem die Leute aus Westgothaland vordem über die Hausleute und die Ostgothamänner gesiegt und alle erschlagen hatten.

Eine ganze Stunde noch währte der Kampf.

Da erschlug Halfred auf der Schwelle seines Hauses den Dänen-Jarl Sveno, den letzten Häuptling der Feinde, der noch lebte, drang in das Haus und hinter ihm die Seinen.

Die Leute aus Westgothaland, Seeland und Tiundaland wehrten sich wie umstellte Bären: aber endlich waren sie alle, alle erschlagen.

5*

Und von da zog Halfred nach der Methhalle, die noch immer glühte, und forschte, wer
da noch lebte.

Aber auch da waren alle todt.

Und fanden sie die Leiche von König Hartstein und Sudha, von dem Dänen Hako und den
zwei Iren Konal und Kiartan, von dem Ost-
gothenfürsten Helge — Helgrimr war bei den
Schiffen gefallen — und von Arngeir und Arnbiörn — Arnolfr war bei dem Erbhause erschlagen — und fanden Baudrad den Skalden
im Sterben.

Der sagte noch Halfred, wie ihn Sudha zum
Reden gebracht und bat ihn, er möge ihm so
vieler Helden Tod verzeihen.

Und Halfred hielt seine Hand, bis er gestorben war.

Frau Harthild's Leiche aber fanden sie nicht,
obwohl viele ihrer Frauen in dem Erbhause verbrannt und erschlagen da lagen.

Manche Leichen waren aber auch ganz un-kenntlich, verbrannt und verkohlt.

Und sie wandten sich suchend nach den Schiffen.

Und waren da alle Schiffe der fremden Gäste verbrannt und alle der Isländer, die in der Bucht lagen: denn zuletzt hatte bei Halfred's grimmen Schlägen Niemand mehr an löschen gedacht.

Und rief Halfred mit dem Heerhorn den Singschwan herbei, der im Mondlicht gerettet schwamm, und stieg mit seiner kleinen Schar an Bord.

Und lagen da erschlagen viele hundert von Halfred's Isländern.

Die fremden Gäste aber, die zum Sonnwend-fest gekommen waren, lagen alle, alle todt bis auf Hartvik und Eigil.

Und zählte Halfred, als er alle Häupter zum Maste zur Musterung rief, noch siebzig Männer am Leben.

Alle andern waren gefallen in der einen Sommersonnwendnacht: und kam nach dem wüsten Lärm eine grausige Stille über Strand und See: und traurig und schweigend schwamm der Sing= schwan mit versengtem Flügel im Mondlicht über den Fjord.

IX.

Und Halfred war in tiefes, tiefes Schweigen
verfallen, seit der Kampf zu Ende war und er
Vandrad's Sterbewort vernommen; er sprach kein
Wort.

Als es aber voller Tag geworden, landete
der Singschwan und die Männer stiegen ans
Land.

Schweigend winkte Halfred den Segelbrüdern,
die Leichen aus der Trinkhalle, der Erbhalle,
von den Schiffen und auf dem Gestade alle zusammen zu tragen. Er hieß sieben Scheiter-
haufen errichten und auf diesen wurden die
Todten verbrannt mit ihren Waffen. Die Asche

aber befahl Halfred zu mischen, von Freund und Feind.

Und schüttete sie selber in eine große, stein= geplattete Grube, die er graben ließ hart an der Fluthgrenze am Strand. Und ließ dichte Erde darauf häufen und einen ungeheuren schwarzen Felsblock, den einst der Hekla ausgeworfen, darauf wälzen. Und kostete das viele Tage Arbeit.

Halfred aber schwieg.

Und die Nächte über saß er an dem Aschen= grabe und sah bald aufwärts in die Sterne der Sommernacht und dann wieder starr auf die Erde und das Felsengrab.

Und leise, leise schüttelte er manchmal das Haupt.

Aber er sprach kein Wort.

Und als nach sieben Nächten die Sonne auf= ging, schritten Hartvik und Eigil auf ihn zu, der auf dem Steine saß, und sprach da Hartvik:

„Halfred, mein Blutsbruder! Ein großes Un=
heil ist geschehen; dir, auch mir, auch uns:
Vater und Schwester und viele Freunde hab' ich
verloren: und Eigil hat auch viel verloren, was
ihm theuer war. Wir wollen es tragen, alle
Drei. Komm, Halfred, Sigskald, auf mit dir!
Dies Schweigen und Brüten ist vom Übel. Erb=
halle und Methhalle, die Feuer verbrannt, baut
Axt wieder auf. Harfen giebt es noch viele auf
Erden und der Singschwan wirft die angesengten
Federn aus. Auf, Halfred, trinke: da hab' ich
dir von des Singschwans Beutevorrath aus
Grekaland einen Becher Chioswein gebracht, den
du immer liebtest. Trinke, sprich und lebe!"

Halfred stand mit einem Seufzer auf, nahm
den Becher aus Hartvik's Hand und goß den
Wein langsam auf das Aschengrab: die Erde sog
ihn gierig ein.

„Kommt heute um Mitternacht wieder. Dann
sag' ich euch Bescheid. Ich kann es immer noch

nicht zusammendenken. Noch einmal will ich
die Götter fragen, die in den Sternen wohnen,
ob sie mir immer noch Antwort weigern."

Und setzte sich wieder auf den Stein und bedeckte sein Gesicht mit den Händen.

Und als um Mitternacht die Beiden kamen,
wies Halfred gen Himmel: „Es sind so viele
tausend, tausend Sterne. Aber sie schweigen
mir alle. Unabläſſig, seit ſieben Tagen und
Nächten, frag' ich mich und frage die Sterne:
warum ließen die Götter das Ungeheure ge-
ſchehen?

Iſt es eine Schuld, daß ich ein Gelübbe geleiſtet, wie viele geleiſtet werden im Nordland?

Hunderte von Frauen hätten das hinge-
nommen ohne Groll.

Iſt es meine Schuld, daß Frau Harthild anders geartet war?

Und es war keine Lüge, daß ich ihr Liebe
trug in jener Nacht. Voll=Liebe war es wohl

nicht, wie Subha das nannte, das mag sein. Nie kannte ich „Voll-Liebe".

Und sei's drum — hassen mich die Götter um begangene Schuld — warum strafen sie nicht mich allein? — warum büßen und leiden Andere, viele Andere um meine Schuld? Warum ver= derben sie König Hartstein und viele andere Fürsten und tausend Männer von allen Küsten und Inseln? Warum verderben sie Frau Hart= hild selbst, die sie rächen wollen, und unsern ungebornen Knaben? Was haben sie Alle ver= schuldet? Redet, ihr Beiden, wenn ihr mehr wißt als ich und die Sterne!"

Aber die Blutsbrüder schwiegen und Halfred fuhr fort:

„Es müssen doch Götter sein!

Wer hätte sonst die Riesen gebändigt, das Meer beruhigt, die Erde geebnet, den Himmel gewölbt und die Sterne verstreut? Wer lenkte die Schlacht sonst? und wie kämen nach dem

Tobe wacfre Helben nach Walhall und die
Schlechten in die finstre Schlangenhölle?

Denn jenes furchtbare Andere, das mir von
fern her auch schon finster in die Sinne kam:
daß vielleicht keine Götter leben, — — will ich
nicht mehr benken.

Es müssen Götter sein! sonst kann ich nichts,
gar nichts mehr denken, und es springt mir in
Wahnsinn das pochende Hirn.

Und wenn Götter sind, müssen sie auch gut
sein und weise und mächtig und gerecht.

Sonst wäre es ja noch viel furchtbarer zu
benken, daß Wesen, mächtiger und klüger als
die Menschen, sich der Qualen der Menschen
freuten, wie ein böser Bube, der zum Spielen
ben gefangenen Käfer spießt.

Das also darf man nicht benken: — Beides
nicht — baß keine Götter oder baß böse Götter
sind.

Und so will ich denn fromm ergeben dies

ungeheure Unheil tragen, erwartend, daß ich im
Lauf der Jahre auch dieses Räthsel rathe — ein
so schweres ward mir noch niemals aufgegeben.

Euch aber, ihr Vielgetreuen, die ihr bis in
den Tod zu mir gestanden und eure Sippe nicht
geschont und eure Nächsten um mich verloren, euch
will ich nie verlassen, mein Lebenlang, und euch
großen Dank tragen: und sollt ihr mir das Liebste
sein auf immerdar, euch allein will ich leben!"

Da sprach Hartvik: „Nicht also darfst du
reden, Halfred. Harfe sollst du wieder sieg=
haft schlagen, Hammer wirst du wieder freudig
schwingen, unter blauem Griechenhimmel Blut
der Rebe schlürfen und ein wonnesamer Weib
als —"

Da sprang Halfred empor von dem schwarzen
Stein:

„Schweig, Hartvik: Frevel redest du.

Wer so schwer wie ich getroffen ist vom Haß
der Götter, die da leben und gerecht sind, der steht

wie der blitzgeschlagene Baum am Wege: Vöglein singt nicht darauf, Thau netzt ihn nicht,
Sonne küßt ihn nicht.

Wie sollte ich singen und lachen, trinken und
küssen, um den so viele tausend Männer und
Frauen Todesverderben erreicht hat oder Todes-
trauer für immerdar.

Nein! Andres habe ich mir gelobt.

Lange zweifelte ich, ob ich noch leben könne
nach solchem Unheil, das die Götter an dies
Haupt geknüpft: und nicht könnt' ich es, wenn
ich nicht noch an gute Götter glaubte und auf
des Räthsels Lösung harrte.

Aber Glück und Freude haben keinen Theil
mehr an Halfred Hamundssohn; auf ewig sag'
ich ihnen ab."

Und er kniete nieder und nahm aus seinem
Brustlatz einen Lederbeutel, der war mit weißer
Asche gefüllt: und langsam streute er und dicht
über und über auf sein langlockiges schwarzes

Haupthaar, auf Antlitz, Brust und Leib die weiße Asche.

„Hört mich, ihr guten, allwaltenden Götter, und ihr strahlenden, allsehenden Sterne am Himmel, und von den Menschen auf Erden Hartvik und Eigil, meine Blutsbrüder!

Abschwöre ich hier, um des grausen Unheils willen, das ich heraufgeführt über Weib und Kind und viele hundert Freunde und Fremde, abschwör' ich für immer dem Glück und der Freude, dem Sang, dem Frohtrunk, der Weibesliebe.

Den Todten nur, den um meine Schuld Erschlagenen, mit deren Asche ich mich hier auf ihrem Grabhügel bedeckt, gehör' ich an und unter den Lebenden meinen treuen Blutsbrüdern.

Und breche ich dies schwurheilige Gelübde, — ganz soll Frau Harthild's Fluch sich vollenden.“

Und die Sterne und die Freunde hörten schweigend seinen Schwur.

X.

Und Halfred hielt Wort.

Jahr um Jahr verging — er sagte mir, er wisse nicht mehr, wie oft inzwischen die Sommersonnwend' wiederkehrte — und lebte Halfred ein Leben, als ob er todt wäre.

Hartvik und Eigil führten den Singschwan und den Befehl über die Segelbrüder. Sie koren die Ziele der Hafen und die Wege der Fahrten, Halfred ließ ohne Wort, Wunsch und Wahl Alles geschehen.

Nur, wenn der Südsturm zu stark ward für Hartviks Faust, stieg Halfred schweigend an das Steuer und führte es, bis die See wieder ruhig war.

Auch wenn Wikinger das Schiff angriffen —
Halfred hatte verboten, daß der Singschwan zu
Land oder See noch Leute schädige — und die
Gefahr übergroß ward, griff Halfred schweigend
— nie mehr erhob er den Schlachtruf — zu
seinem Hammer und schlug unter die Feinde, bis
sie wichen.

Aber er führte den Hammer nur mehr mit
der linken Hand — den Schild hatte er abgelegt —
und auch nicht Helm und Brünne deckten ihm
Haupt und Brust.

Er trug Jahr aus und ein das Gewand,
welches in jener Sonnwendnacht Rauch, Brand
und Blut dunkel gefärbt.

Wenn der Singschwan landete — die schwarzen Brandflecke an den Flügeln durften nicht
getilgt werden — und Hartvik und Eigil und
die Segelbrüder in die Hallen der Könige
gingen, blieb Halfred auf Deck liegen und hielt
Schiffshut.

Und trank nur noch Wasser aus hölzernem, bitterem Wachholderbecher.

Eigil brachte einst aus einer Königshalle, wo der Sigskalb früher oft gegastet, eine prachtvolle goldene Harfe, welche die Königin dem alten Freunde grüßend zum Geschenke schickte.

Als aber das Schiff um die Bucht gebogen war, glitt die Harfe mit leisem Rauschen in die See.

Und einst lag Halfred im Hochsommer auf Island am Strand an dem schwarzen Felsstein — denn jede Sommersonnwendnacht verbrachte er einsam dort, die Freunde mußten auf dem Schiffe bleiben — und sah sehr, sehr traurig aus.

Denn sein Antlitz war sehr bleich geworden.

Da kam eine Frau und eine wunderschöne Jungfrau, das war ihre Tochter, und blieben vor ihm stehen; der wandte sein Gesicht, aber die Mutter sprach:

„Ich kenne dich doch noch, Halfred Sigskald! Ich werde dein Antlitz nie vergessen, ob auch des Wunsches Lächeln nicht mehr darauf spielt, und ob auch die Furchen in deiner Stirn wie vom Pfluge tief eingegraben sind, — dies Mägdlein hast du mir vor fünfzehn Wintern, ein schlafendes Kind in den Arm gelegt, siehe, wie schön ist sie geworden, wie keine mehr auf ganz Island! Und diesen Kranz von Sommerblumen hat sie dir geflochten; setze ihn auf deine bleiche Stirn und dir wird wohler werden: denn Dank hat ihn gewunden.“

Da sprang Halfred auf, nahm den Kranz aus des erröthenden, schönen Mädchens Hand, hob mit gewaltigem Ruck den ungeheuren Felsen leis empor, warf den Kranz darunter und ließ den schwarzen Stein wieder wuchtig auf die alte Stelle fallen.

Weinend gingen Mutter und Mädchen. —

Und sprach Halfred in diesem Jahre fast nur

mit Hartvik und Eigil und auch mit diesen nur, was er mußte.

Und was er sprach, war weich und traurig. Und seine Stimme war leise geworden.

Und war er sehr gütig mit allen Menschen, auch mit ganz geringen Leuten.

Und hörten ihn die Schiffsleute Nachts viel seufzen und sich auf dem Strohlager auf Deck wälzen, wo er immer bis in den kalten Winter unter den Sternen lag.

Und hörten ihn oft sprechen, wenn Niemand zugegen war, mit dem er reden konnte.

Und bei Tisch stützte er das Haupt in die linke Hand, schlug die Augen nieder, oder sah weit, weit in die Ferne.

Und klagte er fast nie: nur das Haupt schüttelte er manchmal leise und preßte sehr, sehr oft die linke Hand an die Brust, und sagte manchmal:

„Mich meidet die frohe Himmelsluft. Ich

kann nicht athmen; will ich athmen, muß ich seufzen. Es drückt mir fast das Herz zusammen."

Und Hartvik und Eigil sprachen unter einander: „er ist siech."

Und einst, als sie in Grekaland fuhren, rief Eigil heimlich einen Arzt, die dort sehr weise sind, und achtete der Arzt auf Halfred viele Tage und Nächte und sprach:

„Das ist eine schwere Krankheit, daran dieser arme Mann leidet.

Und ist schon mancher an ihr still gestorben, oder laut in Wahnsinn verdorben.

Wir nennen sie: Melancholia." —

XI.

Und fuhr der Singschwan wieder in den
Westerwogen im Spätfrühling und Frühsommer,
in der Zeit, welche die Lateiner Mensis Madius
nennen.

Und waren ihnen auf langer Reise die Vorräthe ausgegangen. Und war auch das Schiff der
Rast und Heilung bedürftig.

Und sprachen die Blutsbrüder zu Halfred, als
sie in die Gewässer der Insel Hibernia gelangten:

"Mann und Mast müssen sich bessern; wir
wollen landen in König Thorul's Hafenburg und
an Bord schaffen, was wir brauchen. Weit ge-
rühmt ist König Thorul's Halle; höchste Harfen-

kunst wird dort gepflegt. Komm' mit in die Burgstadt, erfreue dein Herz an Menschenge= sellung; denn dort kannst du nicht, wie sonst, ein= sam auf dem Schiffe liegen: auch auf den Sing= schwan werden viele Leute kommen, Handwerker und Kaufleute, und du würdest nicht allein sein unter deinen Sternen. Sollen wir nicht nach der grünen Insel steuern?"

Und Halfred nickte und freudig drehte Hartvik das Steuer scharf nach West.

Als sie aber die Thürme von Thorulshalle im Morgenlicht aus den Wellen steigen sahen, ließ Halfred mit eigner Hand das Wasserbot herab, das auf dem Steuerhochsitz festgebunden lag, und sprach:

"Wenn ihr euch erfreut habt an König Tho= rul's Hof und das Schiff versorgt, holt mich ab von jenem kleinen Felsen=Eiland nach zwanzig Nächten."

Und er nahm Pfeil und Bogen und Angel=

ruthe, sprang in das Bot und ruderte nach dem Holm.

Der Singschwan aber segelte weiter nach Westen

Und Halfred landete auf der schmalen, felsigen Insel; er fand eine bequeme Bucht und zog das Bot ganz heraus auf den weißsandigen Strand.

Und wehte ihm da in der Luft etwas entgegen, das ihm fremd war und doch wohl bekannt: nur unter goldneren Sternen hatte er früher den Rausch solchen Duftes genossen.

Es lebt nämlich eine Blume, welche zart röthlich ist wie Mädchenwangen. Rosa nennen sie die Lateiner, und duftet wie Kuß von reinen Mädchenlippen.

Und diese Blume hatten die Römerhelden, so lange sie mächtig waren, auch in diesen Westlanden künstlich in Häusern und Gärten gepflegt.

Seit vieler Zeit aber waren die Römerhelben verschollen, die Säulenhäuser verlassen und verfallen, die Gärten verwildert.

Und verwildert war auch die mädchenfarbne Blume, welche man Rosa nennt, und war über alle Eilande verweht und hatte sie alle wuchernd überzogen.

Und athmete ein starker, berauschender Duft von ihnen her.

Auf jenen kleinen Eilanden und Holmen, welche um die große Westerinsel Hibernia liegen, waltet aber ein ganz milder Lufthauch: der Schnee bleibt dort zu Lande selten liegen und nur dünn und auf kurze Zeit gefrieren die Quellen.

Und die Singvögel, welche anderwärts vor dem Frost wichen, halten Winterrast in diesen Verstecken, wo Wiesen und Sträucher und Bäume grün bleiben auch in der schlimmsten Zeit.

Denn es regnet dort viel und feucht ist der Hauch der ringsum wogenden Seefluth.

Und die Heidenleute nennen deßhalb jene Eilande „Baldurs Inseln": denn Baldur heißt ihnen der Gott des Frühlingslichts.

Und als Halfred die Hügel am Strande hinauf schritt, war alles Unterholz und liebe Lenzgedörn in Vollblust: Weißdorn und Roth-dorn, Schlehdorn und Hagedorn und die wilden Rosen.

Und auch die vielen edlen Fruchtbäume, welche die Römerhelden von Mittag und von Aufgang mitgebracht, standen in voller Blüthe.

Und aus allen Büschen und Bäumen scholl ihm entgegen ein süßer Ton von dem grauen, braunen Singthierlein, welches die Lateiner Lu-scinia nennen, die Leute aus Grekaland Philo-mela, wir aber die Nachtigall.

Und Halfred schritt aufwärts und landein-wärts an der Seite eines raschen klaren Quell-bachs, welcher unter lichtgrünem Gebüsch über weiße Kiesel daher schoß.

Er kam auf der Höhe in ein durchsichtig Ge-
hölz von Erlen, jungen Buchen und schlanken
weißen Birken; da flogen bunte breitflüglige
Falter auf der stillen sonnigen Waldwiese über
die schönsten Blumen hin. Tief im Hag rief
die Waldbrossel. Die Wipfel und schwanken
Äste der Birken nickten und wogten.

Und da vernahm er, vom Morgenwind getragen, noch andern Laut als das Lied der Nachtsängerin, viel heller und zarter: es waren
leis gerührte Saiten eines Harfenspiels, das
aber viel lieblicher klang, als er je zuvor von
sich oder andern Skalden hatte Harfe spielen
hören.

Und hoch von oben, wie aus dem Himmel,
schien der Ton zu kommen.

Halfred ging dem Klingen nach, es rief und
lockte ihn mächtig.

Kein Laut hatte, seit seine Harfe im Sterben
schrillend aufgeschrieen, durch sein Ohr seine Seele

erreicht: diefer Harfe Klang erwedte feine Seele:
er glaubte, Elben oder Bragi, der Liebgott,
harften da in den Lüften.

Er wollte den Spieler nicht verfcheuchen, aber
erlaufchen; leife ging er dahin mit gewählten
Schritten: das Waldgras verrieth ihn nicht, denn
es war weich, hoch und dicht.

Er war nun dem Laut ganz nahe gekommen:
und doch fah er den Sänger noch immer nicht.
Vorfichtig bog er das dichte Weißborngebüfch
aus einander und erblidte nun einen kleinen
grünen Waldbühl: darauf ftanden im Kreife fechs
Buchen: die fiebente aber, die höchfte, ftand in
der Mitte und überragte alle: und war da um
diefen Stamm eine zierliche Wenbeltreppe von
weißem Holz gezimmert: und aus dem gleichen
weißen Holz war ein leichtes Gerüft da eingefügt,
wo die breiteren Äfte der Buche aus einander
gingen: Geländer und Brüftung des Gezimmers
waren künftlich gefchnitzt.

Und aus dieser luftigen Baumlaube hernieder kam der wunderbare Ton.

Noch näher schritt Halfred und lugte durch die Zweige und die Lücken des Gerüsts: sein Herz schlug stark — vor Staunen, vor Göttergrauen, vor Sehnsucht.

Da sah er den Spielmann.

An der Brüstung lehnte ein Knabe, der war wundersam schön: so schön, sagte mir Halfred, wie er auf Erden niemals Schönheit geschaut: so schön wie die Elben sein sollen, an welche die Heidenleute glauben.

Er war ganz weiß: weiß war sein lang gezognes Antlitz, wie der Stein, welchen die Griechenleute Alabastron nennen: weiß war das faltige Gewand, das ihm vom Hals bis unter die Kniee reichte, und weiß die Riemenschuhe an seinen Füßen.

Augen aber und Haar des Knaben waren wie Gold.

Und sagte mir Halfred, daß das Auge wie eines Adlers Auge goldbraun war: in dem lichten Haare jedoch, das ein gleichfarbig Netz statt eines Hutes zusammenhielt, spielte fluthend sonnfarbner Glanz hin und her: als habe sich ein Sonnenstrahl darin verirrt und suche nun stets vergeblich den Ausgang.

Es harfte aber der Knabe auf einem kleinen dreieckigen Saitenspiel, wie es nur die Skalden auf Hibernia führen und spielte eine nie gehörte Weise.

Und spielte und sang so schön, wie Halfred noch niemals spielen und singen gehört: traurig und doch selig zugleich war die Weise, wie ein Schmerz der Sehnsucht, den aber das Herz um keine Lust der Erde hingeben würde.

Und Halfred sagte mir, zum ersten Mal seit jener Sonnwendnacht zog wieder warmer Hauch über seine Seele.

Und der schöne Knabe in der luftigen Laube

ergriff ihm die Augen und das traurig selige, sehnende Lied ergriff ihm die Seele.

Und zum ersten Male seit vielen, vielen Jahren konnte seine Brust hoch aufathmen.

Und Thränen füllten ihm die Augen und frischten und heilten und verjüngten ihn, wie kühler Thau nach Sonnenbrand die Haide.

Und lauteten stets am Schlusse von zwei Zeilen die Worte des Liedes gleich klingend: und doch auch wieder nicht ganz gleich: als ob sich zwei Stimmen suchten im Hall und Widerhall.

Oder wie wenn Mann und Weib, Eins und doch Zwei, sich zusammen schließen im Kuß.

Der Knabe sang in der weichen, lispelnden, irischen Sprache, welche Halfred wohl kannte: aber jenen Gleichklang hatte er nie gehört, welcher viel ohrgefälliger klingt als die gleichanlautenden Stäbe der Skalden.

Und das Lied des Knaben klang:

Weiße Rose nickt an Zweigen

   Sehnend durch die Maienluft;

„Sonnengott, dir bin ich eigen!

Wann wirst du dein Antlitz zeigen,

   Aufzutrinken meinen Duft?

Wann wirst du mit heißem Grüßen

   Zittern über meinem Blüh'n?

Komm, — und muß ich sterbend büßen —

Laß in meinen Kelch den süßen

   Gotteskuß hernieder glüh'n."

Da schloß der Knabe Gesang und Spiel mit
hell tönendem Vollklang der Saiten.

Und sowie er schwieg und die Harfe in die
Zweige hing, siehe, da kamen von der nächsten
Buche zwei schneeweiße Tauben geflogen: die
setzten sich die eine zur Rechten, die andere
zur Linken auf des Knaben Schultern, der
lächelnd ihre Köpfchen streichelte und langsam,
sinnend, mit eblem, fast etwas zagem Schritt
die weiße Holztreppe herunter wandelte und nun

auf den schönen blumenvollen Rasen der Wald=
wiese trat.

Halfred sorgte, der zarte Harfner möchte er=
schrecken, schritte er plötzlich aus dem Dickicht
auf ihn zu.

Er rief ihn daher zuerst von Weitem und
mit leiser Stimme an, langsam näher kommend:

„Heil, feiner Knabe! bist du ein Sterblicher,
sollen die Götter dir hold sein. Bist du aber
selbst ein Gott oder, wie ich rathe, der Licht=
elben Einer, so sei du mir Erdenmanne nicht
unhold."

Da wandte sich der Knabe langsam, ohne
zu erschrecken, oder nur zu erstaunen, auf ihn
zu, der jetzt ganz nahe gekommen und sprach mit
wohllaut=schwingender Stimme:

„Willkommen, Halfred. Bist du endlich kom=
men? Lang harr' ich dein."

Und bot ihm beide Hände hin, den Blick der
goldnen Augen bis in seine Seele tauchend.

Halfred aber wagte nicht, diese Hände zu be-
rühren: er fühlte tief aus seines Wesens Grunde
wohlige Wärme aufsteigen und durch Leib und
Seele rieseln Schauer des Wohlgefallens, der
Freude an höchster Schönheit: aber auch heiliges
Grauen wie vor Götter- oder Geisternähe: denn
er zweifelte nun vollends nicht mehr: ein Über-
irdischer stand vor ihm.

Fast versagten ihm Athem und Stimme, als
er frug:

„Wer hat dir Halfred's Kommen und Namen
verkündet?"

„Das Mondlicht."

„So bist du also, wie ich gleich erkannte,
der Lichtelben Fürst, dem Mond und Sterne
Sprache sprechen. Sei mir hold, o lieblichster
der Götter."

Da lächelte der Knabe: „Ich bin ein Menschenkind gleich dir, Halfred. Tritt näher: fasse
meine Hände."

„Wer aber bist du, wenn du sterblich bist?"
fragte Halfred immer noch zögernd.

„Thoril, König Thorul's elternverwaistes
Enkelkind."

„Und warum weilst du einsam hier, auf
kleinem Eiland, wie verborgen, und nicht in
König Thorul's Halle?"

„Ihm träumte dreimal, mir drohe Gefahr
in dem Monat, da die Wildrosen blühen: ein
fremdes Schiff, das in seiner Hafenburg lande,
werde mich davon führen auf Nimmerwieder-
sehen.

Der Gefahr mich ganz sicher zu entziehen,
sandte er mich hierher auf diese entlegene kleine
Insel, an der wegen des Klippengürtels kein
Meerschiff landen kann: nur Moëngal, sein alter
Waffenträger, und dessen Weib, meine Amme, sind
mit mir: dort in jenem kleinen Holzhaus hinter
dem Buchenhügel wohnen wir. Aber so lange
die liebe Herrin leuchtet und die bunten Tagfalter

über die Blumen fliegen, weile ich hier in lauschiger, luftiger Laube."

„Aber, du Wunderknabe, wenn du wirklich ein Menschenkind, wie verrieth dir mein Kommen, meinen Namen der Mond?"

„Ich soll nicht schlafen im Mondlicht, weil es mich hinauszieht und empor: vom Lager hebt es mich zwingend auf und zu sich hinan; mit geschlossenen Augen, sagen sie, wandl' ich dann dahin auf schmalstem Dachesfirst und weithin durch Wälder und Berge schaue ich, was sich spät, was sich ferne begiebt.

Sorgfältig hüten sie mich davor in der Königshalle; aber hier blickt der traute Mond frei durch die Nitzen unseres Hüttendachs.

Und da sah ich vor sieben Nächten ein Schiff mit Schwanenbug, das näher und näher herantrieb: auf dem Deck unter den Sternen lag schlummerlos ein dunkelbärtiger Mann mit mächtigem Antlitz: Halfred riefen ihn zwei Freunde.

Und immer näher flog der Segelschwan; als aber in einer Wolkennacht der Mond nicht auf mein Lager schien und mein Auge Schiff und Mann nicht sehen konnte, da ergriff mich Sehnsucht nach dem mächtigen Antlitz: und ich legte seither mein Pfühl und mein Haupt stets sorgsam unter den vollen Guß des Mondlichts: und Nacht für Nacht schaute ich wieder die hohe Stirn und die bleichen Schläfe.

Aber noch schöner und herrlicher bist du als dein Traumbild und niemals habe ich einen Mann gesehen deinesgleichen.“

„Du aber bist,“ rief Halfred, des Sängers Hände beide fassend, „so frühlingschön wie Baldur, holder Knabe!

Nie hab' ich solchen Liebreiz noch geschaut an Jüngling oder Mädchen: wie Sonnenschein auf erstarrte Glieder, wie Chioswein durch durstende Kehle fluthet deine Schönheit durch mein Auge tief mir in die Seele: du bist wie Amselruf und

Walbesblume, wie Abendstern im Goldgewölk, bist wie das allerwundersamste Lied, das je aus Skaldenmund geklungen: selbst, so wie du lebst und wandelst, bist du eitel Dichtung.

O Thoril, goldner Knabe, wie bist du so hold! wie hast du mein trauerkrankes Herz erquickt! o Thoril, geh nicht mehr von mir!

Greife nochmal in die Zauberharfe: erhebe noch einmal den süßen Gesang, der mir die Seele aus Todesschlaf geweckt.

O komm, laß mich das schwere Haupt auf deine Kniee legen und in dein sonnig Wunderantlitz schauen, weil du die Harfe stimmst und spielst und singst."

Und also thaten die Beiden.

Und zutraulich flog eine der beiden Tauben von Thoril's Hand auf Halfred's breite Schulter und gurrte der andern Taube nickend zu.

Und als das Lied zu Ende war, faßte Halfred wieder des Knaben beide Hände und zog sie langsam, langsam über seine Stirne und seine feuchten Augen.

Und war das ganz wie in den heiligen Büchern der Juden zu lesen steht von dem König voll Gram und Schwermuth, der nur bei'm Harfenspiel des Knabens Isai's genas.

XII.

Und währte das viele Tage: und auf Halfred's Stirne wichen die Falten und Furchen
eine nach der andern. Und konnte wieder tief
Athem holen mit voller Brust ohne zu seufzen.

Und er trug das Haupt wieder hoch empor
gerichtet—wenn er es nicht gerade niederbeugte,
dem Knaben in die goldnen Augen zu sehen, was
er immer wieder und wieder that.

Und solche Furcht hatte Halfred, Thoril wieder zu verlieren, daß er ihm den langen Tag
nicht von der Seite wich: und weil Thoril's
Lager und Schlafraum so schmal waren, daß,
wie er sagte, Halfred sie nicht theilen konnte,

so legte sich dieser vor der Thüre auf die Schwelle.

Und konnte zwar wieder nicht schlafen; aber jetzt, weil er voll Sehnen die Athemzüge des Schlummernden zählte. Und beim frühesten Morgengrauen schon pochte er Thoril aus Schlaf und Schlafgemach.

Und schien des Wunsches alte Gabe Halfred wieder gegeben, alle Herzen zu gewinnen: denn die beiden Pfleger des Knaben, die voll Mißtrauen den fremden Mann an Thoril's Hand auf ihre Hütte zuschreiten sahen — mit dem Speere war ihm der alte Moëngal entgegengefahren, — waren ihm alsbald hold und gewonnen, als er sie mit dem alten Wunsches-Lächeln bat: „Lasset mich genesen an Thoril's goldnen Augen."

Am dreißigsten Tage aber — die Zeit, da der Singschwan ihn holen sollte, war lange verstrichen, aber Halfred dachte nicht daran —

zogen die Beiden aus mit Angel und Netz, Fische zu fangen. Denn Moëngal's Vorräthe waren ausgegangen.

In der Mitte des Eilandes lag ein dunkler See zwischen hohen, steilen Felswänden. Aus dem See aber ging ein Flüßchen in das offene Meer. In einem kleinen Bote fuhr man auf dem See und auf dessen Ausfluß in das Meer. Und waren da viele edle Fische, die man Silberlachs nennt, in dem See und in dem Fluß bis in die Salzfluth hinein.

Und Halfred und Thoril fuhren den ganzen Morgen auf dem See und legten Grundangeln und Netze.

Und als es gegen Mittag immer heißer und heißer auf sie niederbrannte, sagte Halfred:

„Komm hinweg von dieser schattenlosen Tiefe. Da oben auf dem Felsenrande sehe ich eine silberne Quelle glitzernd niederstäuben, — aus Wildrosen, aus Erlen bricht sie vor — da oben ist

es kühl und schattig. Leicht finden wir auch eine
Grotte in dem Tuffstein: mich lüstet nach frischem
Quellwasser. Und dort oben zur Linken nicken
dunkle süße Beeren — die stillen den Durst und
die jungen Knaben lieben sie — laß uns hinauf-
klimmen: ich stütze dich gern."

Und langsam stiegen sie die steilen Felshänge
hinan: Thoril gestützt bald, bald geführt von
Halfred.

Da quoll ihnen auf dem halben Wege zur
Quelle ein starker Duft aus einem hohlen Linden-
baum entgegen, wie Wein, — es war aber wilder
Honig, den Waldbienen hier zusammengetragen.

Und Thoril tauchte den Zeigefinger tief in
das helle dichte Gezäh und legte ihn auf Halfred's Lippen und lächelte ihn an und sprach:

„Nimm! es ist viel süße!"

Und gar holdselig sah er aus.

Da rief Halfred:

„Solchen Honig haben, so sagen die Leute,

die Götter auf meine Lippen gelegt — versuch',
ob es wahr ist."

Und er faßte rasch Thoril's Haupt, der sich
zu ihm herniederbeugte, mit beiden Händen und
küßte ihn auf die schwellenden Lippen.

Da fuhren Beide aus einander — heiß wie
Gluth durchschoß es Halfred's Leib — Thoril
aber wandte das Antlitz leis erbebend ab und
stieg rascher den Fels hinan.

Halfred blieb stehen, tief Athem holend.

Dann folgte er.

„Sieh, Thoril," rief Halfred Halt machend,
„diese Höhle von den Elben in den Fels gesprengt:
die dichten Dornbüsche mit den duftigen rothen
Blumen verdecken fast den Eingang: da sieh,
dort hütet die braune Nachtsängerin an ihrem
Neste die schmale Pforte. Und wie die Honig-
bienen darum schwärmen! Hier wollen wir im
Herabsteigen eindringen und uns lagern, wenn
wir getrunken da oben."

Aber Thoril gab nicht Antwort und stieg
rascher empor.

Noch etwa fünfzig Schritte hatten sie aufwärts
zu klimmen bis an den Felsenrand, von welchem
der Sturzquell silberstäubend herabdrang: Halfred
fiel es auf, daß der Knabe fortan stets voran
ging, ihm den Rücken zuwendend, und, wenn
er ihn im Klimmen stützen wollte, ohne umzu-
sehen sich selber half.

Heiß brannte der Mittag auf die Felsen
nieder; rings war tiefe Stille: nur blaue Fliegen
schossen schwirrend durch den Sonnenduft und
hoch aus den Lüften scholl manchmal der schrille
Schrei des Wanderfalken, der mit gespannten
Schwingen ob ihren Häuptern kreiste.

Sie waren aber nun so hoch gedrungen, daß
sie weit über die kleine Insel hinweg nach drei
Seiten hinter und neben sich das blaue Meer
erschauten.

Das Meer aber schlang um die blühende

Inſel ſeinen dunkelſtahlblauen Arm, wie gepan=
zerter Held um blühendes Weib.

Fern von Weſten aber nahte ein weißes
Segel. —

Endlich hatten ſie die Höhe erreicht: Thoril
ſtand oben hart an dem Waſſerguß, wo kaum
ein Paar Menſchenfüße auf dem naſſen, glatten,
bröckeligen Geſtein Stehraum fand.

Unter ihm, etwa fünf Fuß tiefer, hielt Hal=
freb und ſah zu ihm empor: „Gieb mir zu
trinken, mich dürſtet ſehr!" rief er ihm zu.

Und Thoril zog aus ſeiner Fiſchertaſche eine
gewölbte ſilberglänzende Perlmuttermuſchel. Er
ſtellte ſich auf die Zehenſpitzen, füllte die Muſchel
randvoll und wandte ſich, Halfred die Schale
herab zu reichen: da glitt ſein Fuß von dem
glatten Geſtein: vergebens wollte er ſich halten,
die Arme ausſpreitend an den nackten Felswän=
den. Halfred ſah ihn gerade auf ſich herabſtürzen:
weit breitete er die beiden ſtarken Arme aus,

die leichte Last auf sich zu nehmen: aber sieh! welch Wunder! in dem raschen Fall war die Spange gebrochen, welche Thoril's weißes Linnen-gewand über der Brust zusammenhielt: weit aus einander, über die Schultern herab, fiel das Ge-wand: zugleich fiel das Fischernetz, welches die goldenen Haare zusammenfaßte: ein reicher Strom von fluthendem Gelock ergoß sich über den schim-mernden Nacken und die wogende Brust:

„Ein Weib bist du! Ein Mädchen!" jubelte Halfred laut empor; „Dank euch, ihr Sterne! Ja, das ist Voll-Liebe!"

Und das schöne Mädchen barg die erglühen-den Wangen an Halfred's Hals.

In wenigen Schritten hatte dieser mit seiner schlanken Bürde die Felshöhle wieder erreicht, an der sie beim Aufsteigen vorbeigekommen. Halfred bog die Zweige des wilden Rosenstrauches zurück. Die Nachtsängerin, welche dort, an ihrem Neste sitzend, sang, flog nur kurz auf: es ward gleich wieder so still in der schattigen Höhle, daß das Vöglein alsbald wieder zu Neste flog und den Eingang hütend laut und ununterbrochen sang und schmetterte.

Und die Bienen flogen summend um die wilden Rosen. — —

Und als die Abendsonne rothglühend über das Eiland schien, schritten Halfred und das Mädchen aus der Höhle.

Und war nun des Mädchens Antlitz noch unvergleichlich schöner denn zuvor.

Und trug sie das Haar nicht mehr im Netze, sondern frei wallend, daß es wie ein Mantel aus Sonnengold gesponnener Fäden vom Hals bis auf die Kniee sie bedeckte.

Und statt der verlorenen Spange hielt ein kleiner Rosendornzweig mit einer aufgeblühten Rose das Gewand über ihrer Brust zusammen.

Und so schritten sie Hand in Hand zu dem See hernieder und dort holte Thora ihre drei-

eckige Harfe aus dem Bot und so wandelten sie
entlang des Flüßchens, das aus dem See nach
dem Meer eilte, hinab an die Bucht gen Westen.

Das Schiff aber, welches von Westen her
auf die Insel gehalten hatte, war der Singschwan gewesen.

Jetzt lag er in geringer Entfernung in der
Bucht vor Anker; hell leuchteten seine Segel im
Abendlicht. Und das Schutbot fuhr von dem
Schiff an den Strand, Halfred und das Wasser-
bot abzuholen, geführt von Hartvik und Eigil.

Und sprangen die Blutsbrüder an den Strand
und staunten sehr, als sie Halfred Hand in Hand
mit einem wunderschönen Weibe stehen sahen:
stumm fragten ihre Blicke.

Halfred aber sprach, den Arm um das schlanke
Mädchen schlingend:

„Diese ist Thora Goldauge, König Thorul's
Tochter.

Sie ward hier vor mir verborgen und in

Knabenkleider gehüllt, daß ich sie nicht finden sollte.

Aber ich habe sie doch gefunden: gegen Sternenlauf und Götterwillen: liebet sie wie mich selber: denn sie ist mein Weib."

XIII.

Und war das nun sehr wunderbar zu sehen
wie Halfred ein ganz Anderer geworden war,
seit er Thora gewonnen hatte.

Er legte den zerschlissenen Dunkelrock ab und
kleidete sich in das kostbarste Königsgewand von
Scharlach und reichem Gold, welches im Beute-
hort des Singschwans als ein Kleinod zu un-
terst lag.

Er trank den funkelnden Chioswein aus silbernen Schalen und eifrig trank er Thora Freya's
Minne zu.

Er spielte viel auf ihrer Harfe und sang neue
Lieder, viel schönere und heißere und mächtigere,

8*

nach einer Weise, die er erfand und „Thora's Stimmfall" nannte.

Und schien er ganz verjüngt: denn von seiner Stirne wichen die tiefen Furchen: die Augen, die er gesenkt getragen, als schaue er rückwärts oder in sich selbst hinein, schlug er nun leuchtend wieder auf: und um seinen Mund spielte wieder selig das Lächeln des Wunsches.

Und er wich Tag und Nacht nicht von seines jungen Weibes Seite: und ward nicht müde, ihr langes goldenes Haar zu streicheln oder ihr tief in die goldenen, selig schimmernden Augen zu sehen.

In der Nacht aber legte er sie oft auf seine Arme und hielt sie hoch empor: und zeigte sie schweigend den schweigenden Sternen.

Und hatte selbst das Steuer ergriffen, den Singschwan nach Süden zu wenden: „denn" sprach er, „Thora soll die Inseln schauen, die seligen, im blauen Griechenmeer, auf welchen Marmor-

bilder, weiß und schlank gleich ihr, aus immer=
grünen Lorbeerbüschen lauschen."

Und die Brandflecken der Schwanenflügel ließ
er tilgen und Mast und Rahen mußten stets
mit frischen Blumen bekränzt sein: denn Thora
liebte die Blumen.

Das junge Weib aber hatte nur Augen für
Halfred: sie sprach nicht viele Worte, aber unter
süßem Lächeln flüsterte sie oft:

"Ja wahrlich, du bist des Himmels Sohn:
Erdenmänner, wie ich sie sonst gesehen in meines
Vaters Halle, mögen nicht so gewaltig sein und
so weich zumal: du bist wie das Meer: ein
furchtbarer unwiderstehlicher Gott und ein lieb=
lich träumendes Kind zugleich."

Und wenn sie dahin schwebte über das Schiff
im ganz schneeweißen Gewande und mit dem
goldig fluthenden Haare, so hielten die Männer
an den Schiffsbänken mit Rudern inne und
Hartvik an seinem Steuer vergaß des Steuers

zu achten und folgte ihren Schritten mit staunen=
den Augen.

Und wenn sie nahe ans Land fuhren und die
Leute sie auf den Flügeln des Singschwans
schweben sahen — wo sie am liebsten stand —
so streuten sie ihr opfernd Blumen, denn sie
glaubten, Frigg oder Freya komme zu Gastbesuch
herangesegelt.

Und sagte mir Halfred, daß sie schöner wurde
von Tag zu Tag.

Und ging das so wohl viermal sieben
Nächte.

Und war Halfred so berauscht und versunken
in Thora, daß er gar nicht darauf achtete, was
unter dem Schiffsvolk brütete und was seine
Blutsbrüder, die sich seitab von ihm hielten, zu=
sammen raunten.

Er hörte nur einmal, wie ihm später ein=
fiel, daß Hartvik zu Eigil flüsterte: „Nein, sage
ich dir! Niemals thut er es selbst und in Güte.

Auch dem Kranken muß der Arzt mit Gewalt die Wunde ausbrennen."

Er achtete nicht auf diese Worte und verstand sie nicht.

Bald darauf aber verstand er sie.

In einer hellen Mondnacht hatten Halfred und Thora bereits in ihrer Kammer im Zwischendeck, wohin eine schmale Luke und Treppe abwärts führte, das Lager gesucht: und Thora war entschlummert. Bevor aber Halfred einschlief, war es ihm, als spüre er deutlich den Singschwan, zwar sehr langsam, aber doch unverkennbar wenden: er ächzte wie widerstrebend unter dem Druck des Steuers; auch glaubte er, viele Tritte auf Deck zu hören durch die offene Luke, flüsternde Stimmen und hin und wieder klirrende Waffen: unwillkürlich blickte er zu Häupten des Lagers, wo sein Hammer schützend über dem Brautpfühl hing: die Öse war leer, der Hammer fehlte.

Rasch, aber leise, die Schlummernde nicht zu wecken, sprang er die schmale Treppe hinauf: er kam gerade noch recht: eben waren Hartvik und Eigil daran, das schwere Fallbrett, das mit einem Riegel über die Luke zu schieben war, darüber zu ziehen und so das Paar im Zwischen- deck einzuschließen: da stand Halfred schon mit dem rechten Fuß auf Deck, mit dem linken auf der ersten Treppenstufe: Hartvik und Eigil sprangen vom Boden auf und wichen etwas zurück, Hartvik stützte sich auf Halfred's Hammer; das Schiffsvolk stand in Waffen im Halbkreis hinter ihm: auch das Steuer war von Bewaffneten be- setzt und hatte gewendet: das Schiff ging nicht mehr nach Südost, es hielt nach Westnordwest und die Segel waren halb gerefft.

„Was schafft ihr da, meine Blutsbrüder," sprach Halfred leise — denn er dachte Thora's, — und immer erstaunt noch mehr als erzürnt. „raset ihr oder seid ihr untreu geworden?"

Eine Weile schwiegen Alle, erschreckt durch Halfred's plötzliches Erscheinen, den sie im tiefsten Schlafe an Thora's Seite wähnten. Aber Hartvik faßte sich und sprach:

„Nicht wir sind rasend und treulos geworden, aber du, unser unseliger Bruder, unter Elbenzauber. Wir wollten vollführen, was geschehen muß, ohne daß du's hindern konntest: du solltest das Deck erst wieder betreten, wenn du, dir zum Heile, gegen deinen Willen, gerettet warst.

Nun, da du aber zu früh gekommen, erfahre, was wir, deine Blutsbrüder, und die Meisten hier an Bord im versammelten Schiffsrath gestern Nacht beschlossen, dir zum Heil beschlossen, wenn auch Manche widersprachen und dich erst fragen wollten. Füge dich drein in Güte: denn unabwendbar ist's wie Sternengang. Und ob du auch sehr stark bist, Halfred Hamundssohn, bedenke, du bist ohne Waffen und wir sind siebzig.“ —

Halfred schwieg: mächtig schwoll ihm die Zornesader, aber er dachte Thora's: „Sie schläft," flüsterte er: „sagt leise, was ihr zu sagen habt: ich höre."

„Halfred, unser lieber Blutsbruder," fuhr Hartvik leiser fort, „du liegst zauberisch in eines Weibes Banden, die — ich will sie wahrlich nicht schelten, denn ich liebe sie viel heißer als mein eigen Herzblut — was immer sie sein mag — ein Erdenweib ist sie unzweifelhaft nicht!

Hier waltet einer der stärksten Zauber, die je gezaubert worden und je Mannessinn bethört.

Nicht schmähe ich sie darum, wie Manche thun unter den Segelbrüdern.

Sie kann nicht anders: es ist ihr Wesen so.

Sie ist wohl ein Elbenweib oder wie sonst die Jren ihre weißen Halbgöttinnen nennen.

In alten Sagen ist's erzählt: es giebt solche Weiberwesen, welche, sie wollen oder nicht, wohin sie kommen, aller Männer Augen und Herzen

berücken; in Herjabal lebte eine solche vor siebzig
Jahren: und ward nicht eher Ruhe im Lande,
bis man ihr einen Mühlstein um den Hals ge-
hängt und sie versenkt hatte, wo der Fjord am
tiefsten war.

Daß aber dieses Weib kein Erdenweib, sieht
Jeder, der ihr nur einmal in das weiße Antlitz
sah, durch das alle Adern bläulich schimmern,
und in das elfisch leuchtende Goldauge: dazu
braucht einer nicht erst gesehen zu haben, was
Manche unter uns gesehen, wie sie neulich in der
Vollmondnacht unhörbar sich von deiner Seite
hob und heraufschwebte auf Deck und mit geschlossenen Augen auf den schmalsten Flügelfedern
des Singschwans auf und nieder tanzte wie Elben
auf Mondenstrahlen. Und als der Mond wieder
hinter Wolken ging, glitt sie eben so leise hinab
zu dir.

Aber das ist das geringste ihrer Wunder.

Nicht bloß dich hat ihr Reiz berückt: verwirrt

hat sie die Segelbrüder alle, daß sie Pflicht und Ruder vergessen, ihr nachzuschauen, wie sie schwebt.

Ja, unter uns Blutsfreunden selbst hat sie furchtbare unheimliche Gedanken entzündet gegen dich und gegen einander: ich, der ich der Weiber nie geachtet und Eigil, der nie eines anderen Weibes gedacht als meiner verbrannten Schwester, wir haben uns offen und treuherzig neulich Nacht gestanden, wie uns das schweigende weiße Mäd=chenweib die Sinne so wild verrückt hat, daß Jeder von uns schon dir den Tod gewünscht, ja selbst den Tod gesonnen, um dann die Gold=gelockte zu gewinnen.

Und als wir uns Beide den gleichen Gedanken gestanden, schämten wir uns.

Und sannen doch zugleich einer dem Andern den Tod!

Das muß ein Ende nehmen!

Es soll nicht dies schlanke gleißende Weib

Männer zu Mördern machen in ihren Gedanken,
die Feuer und Blut mit einander getheilt.

Nicht über Bord wollen wir sie werfen, wie
Manche der Segelbrüder gerathen aus Geister-
furcht — was hülfe es auch: sie schwämme wie
eine Silbermöve auf den Spitzen der Wellen! —
aber zurückführen wollen wir sie auf das einsame
Eiland, wo kein Männerauge sie schaut und wohin
sie wohl weise Götter gebannt. Wir Alle wollen
genesen und Keiner soll haben, was Jeder be-
gehrt."

Furchtbar pochte die Zornesader an Halfred's Schläfe: „Dem Ersten," sprach er ganz
leise aus knirschenden Zähnen, „dem Ersten, der
eine Hand, ja nur den Blick nach ihr erhebt,
dem reiß' ich das freche Herz aus lebendem
Leib."

Und er trat auch mit dem linken Fuß empor
auf das Deck, so daß er ganz die Luke füllte.

Und so furchtbar drohend war sein Antlitz zu

schauen, daß Hartvik und alle die Gewaffneten zwei Schritte zurück wichen.

Aber Eigil trat wieder einen Schritt vor und hob an mit lauterer Stimme als Hartvik geführt hatte:

„Halfred, gieb nach, wir haben's geschworen! Wir werden dich zwingen!"

„Ihr mich zwingen?" rief auch Halfred jetzt mit stärkerer Stimme, „Meutrer und Empörer an Eingschwansbord! Was sagt der Wikinga-Balk? Dem Hund gleich soll hangen am Hals an der Hauptrah, wer heimlich dem Schiffsherrn verhetzt den Gehorsam!"

„Dem Schiffsherrn ja, wenn nicht Wahnsinn ihn wirrt," schrie Eigil dagegen.

„Darfst du vom Rechte reden, Halfred Hamundssohn?

Nur weil Wahnsinn und Zauber dich ent-schuldigen, haben wir nicht längst unser Recht gebraucht gegen dich, der du jedwedes Wort und

Band des Rechts gebrochen. Wir heischen unser Recht! Du aber hast kein Recht auf jenes Weib.

Hast du vergessen, eidbrüchiger Mann, jener blutigen Sonnwendnacht am Hamundsjord? Davon hast du ihr wohl nicht geredet, als du wie ein liebesiecher Knabe um diese schlanke Zauberin gefreit.

Du hast es vergessen: aber der Seefahrer, der an jener Stätte vorüberfährt, der schaut mit Grausen den ungeheuren schwarzen Heklastein, der da ein ungeheures Schicksal verbergen soll und decken einen ungeheuren Fluch. Aber so groß und schwer er ist — er kann es nicht niederbergen: aufsteigen racheheischend die Schatten der viel hundert Todten, die dort ruhen um deine Schuld und denen du Pflicht und Schwur gebrochen.

Denn wie hast du geeidet in jener Nacht?: „Abschwöre ich hier um des grausen Unheils willen, das ich heraufgeführt über Weib und

Kind und viele hundert Freunde und Fremde, abschwör' ich für immer dem Glück und der Freude, dem Sang, dem Frohtrunk, der Weibes= liebe. Den Todten nur, den um meine Schuld Erschlagenen, mit deren Asche ich mich hier auf diesem Grabhügel bedeckt, gehör' ich an und unter den Lebenden meinen treuen Blutsbrüdern. Und breche ich dies schwurheilige Gelübde, ganz soll Frau Harthild's Fluch sich vollenden."' — Aber du scheust nicht mehr Götter und Menschen: nicht uns mehr, deine Blutsbrüder, die zu dir gestanden bis in den Tod, die dir Treue gehal= ten gegen die eigenen Sippen, die dein Haupt geschützt gegen König Hartstein's Schwert, als du wehrlos wie ein Kind in unsern Knieen lagst, die wir unsere nächsten Gesippen für dich erschla= gen, die wir Schwester und Geliebte dir ver= ziehen.

Auch sie selbst, deren üppige Lippen dir das Vergessen in die Stirne geküßt, auch sie selbst hat deine Selbstsucht mit vergessen: denn du wirst sie verderben: so gewiß die Götter Flüche vernehmen und Eidbrüche strafen.

Du hast der Weißarmigen wohl nie erzählt, welch' furchtbaren Fluch du mit jedem Kuß näher und näher heranziehst auf ihr Haupt."

„Schweig! Rabe," rief Halfred drohend, in Grauen und Zorn erbleichend.

Aber Eigil fuhr fort: „Wer weiß, ob die goldenen Augen sich nicht schaudernd von dir wendeten, wüßten sie, daß auf deinem Haupte lastet der Fluch des durch dich verbrannten Ehe- weibes, des ungeboren gemordeten Sohnes! Und du hast sie ausgesetzt wie dich selber dem grim- migsten Wort: — es wird sich erfüllen, denn unfehlbar ist so todtgrimmiger Haß:

Fluch über deine stolzen Gedanken — Wahn- sinn soll sie schlagen!

Fluch über deine falschen Augen — Blind- heit soll sie treffen!

Fluch über deine lügenden Lippen — sie sollen verlechzen und nie mehr lächeln!

Doch zwiefacher Fluch soll euch Beide zerfleischen, wenn Weibesliebe du wieder gewinnst. In Irrsinn und Siechthum soll sie verderben, die du mehr als deine Seele liebst.“

Da scholl ein leises Ächzen seelenzerschneidend aus der Lukenöffnung.

„Du hier?“ rief Eigil und starrte.

Halfred wandte sich: da stand hinter ihm Thora, nicht weiß, wie sonst, sondern hochroth erglühenden Hauptes, wie eine Mohnblume: die Augen wirr nach oben gegen den Mond und die Sterne gerichtet; beide Arme hob sie plötzlich hoch empor, als wollte sie einen furchtbaren Streich aus den Wolken von Halfred's Haupt abwenden — dann nochmal ein leises, aber markdurchdringendes Ächzen: und nun fiel sie nach vorwärts auf das Antlitz wie eine gemähte Blume: Blut floß von ihrem Munde: rasch wollte Halfred

sie erheben, aber leblos hing die leichte Gestalt
in seinen Armen.

„Todt?" schrie Halfred, „gemordet? Und ihr
habt sie gemordet!"

Er ließ die Eiskalte gleiten, entriß, in gewal=
tigem Satz vorspringend, Hartvik seinen Hammer
und weit ausholend traf er mit einem einzigen
Streich seines Armes zerschmetternd seiner beiden
Blutsbrüder Häupter, daß Hirn, Blut und Schä=
delknochen umherspritzten.

Und auf diese That begann an Bord des
Singschwans ein Morden, ähnlich dem in der
Sonnwendnacht: nur viel kürzer währte es: denn
es waren weniger zu erschlagen.

Halfred war, als sei ihm die Schläfenader
gesprungen: er fühlte statt Gehirns nur sieden=
des Blut in dem Haupt, er schmeckte Blut im
Munde, er sah nur rothes Blut vor Augen;
ohne Wahl, ohne zu fragen, wer für ihn sei
oder wider ihn, sprang er in den dichtesten Haufen

der Gewaffneten, faßte Mann für Mann mit der Linken an der Gurgel und zerschlug ihnen mit der Breitseite des Hammers den Schädel.

Er achtete gar nicht darauf, daß eine Hand voll Leute zu ihm standen; er merkte nicht die zahlreichen Wunden, welche er an Armen und im Gesicht und an den Händen im Nahekampf von den Verzweifelten empfing; er raste fort, und mordete, bis Alle, die er vor sich gesehen, stumm und todt auf Deck lagen: da wandte er sich, hoch den Hammer schwingend, und schrie:

„Wer athmet noch außer Halfred auf dem Fluchschiff?"

Da sah er, daß etwa sechs Männer noch, von denen, die zu ihm geholfen hatten, hinter ihm knieten: sie hielten im Halbkreis Thora's Leib mit ihren Schilden umringt und hatten manchen Speerwurf abgewendet, der der Leiche der weißen Walandin gegolten: Halfred erkannte das.

„Steht auf," sagte er, mit dem linken Arm

sich Blut und Schweiß von der Stirne und weißen Schaum vom Munde wischend.

Er steckte den blutigen Hammer in den Gürtel und kniete neben Thora, ihr Antlitz, das bleicher geworden als je zuvor, an seine Brust schmiegend.

„Es war zuviel auf einmal zu hören und zu tragen. Dieses Fluches furchtbare Hagelkörner haben die weiße Rose zu schwer getroffen."

Da schlug sie die Augen auf und hauchte: „Nicht um mich, nur um dich hat mich der Fluch, der grauenhafte, erschreckt."

„Sie lebt! sie lebt! Dank euch, ihr gütigen Götter," jubelte Halfred auf. „Sie konnte ja auch nicht sterben um fremde Schuld! Sie muß genesen, so wahr als Götter leben. Erläge Thora um meine, um anderer Menschen Schuld, mit diesem Hammer müßt' ich alle Götter erschlagen."

Und zärtlich und leise wie eine Mutter das kranke Kind hob der gewaltige Mann das junge Weib auf seine beiden Arme und trug sie, sacht auftretend, die Stufen hinab.

Aber noch einmal bevor sie das Deck verließ, schlug Thora die Augen auf: sie sah Halfred über und über mit Blut befleckt: sie erkannte an Rüstung und Gewand Hartvik's und Eigil's Leichen mit furchtbar zerschmetterten Häuptern: sie sah das ganze Deck mit Todten besät: sie sah, daß nur sehr wenige noch übrig waren von dem Schiffsvolk und schaudernd, zusammenzuckend, schloß sie wieder die Augen.

———

XIV.

Halfred aber kniete Tag und Nacht neben ihrem Lager: er hielt ihre matte Hand, er lauschte auf ihren schwachen Athem: er küßte von ihrem Munde die leisen Tropfen Blutes, die manchmal daraus quollen.

Er hatte das Brett, welches die Luke schloß, mit herabgenommen ins Zwischendeck; Himmel und Sterne leuchteten bis auf Thora's Pfühl.

Wenn der Tag schlimm gewesen und viel des Bluts entquollen war und sie entschlief mit sinkender Nacht — dann stieg er wohl ein par Stufen hinauf, zog den Hammer aus dem Gürtel und drohte gegen die Sterne hinan mit furchtbaren Worten:

Laßt ihr sie sterben um fremde Schuld, dann weh euch, ihr Götter, weh Allem was lebt!" —
Hatte sich aber die Kranke gekräftigt und ihm freundlich beruhigend zugelächelt, dann stieg derselbe grimmige Mann empor aufs Deck, kniete nieder und rief mit ausgebreiteten Armen in thränenerstickter Stimme:

„Dank, Dank euch, ihr guten Götter! Ich wußt' es ja, daß ihr lebt und gerecht waltet und sie nicht sterben laßt um fremde Schuld."

Und schwankte der Tag zwischen Gutem und Bösem, zwischen Furcht und Hoffnung auf und nieder, dann durchmaß er das enge Gemach mit hastigen Schritten und murmelte unaufhörlich:

„Sind Götter? sind Götter? sind gütige Götter?"

Und er glaubte, Thora hörte das nicht, weil sie schlafe.

Aber sie lag oft wach mit geschlossenen Augen,

und vernahm Alles und es quälte sie sehr im Wachen und Träumen.

Und Halfred erzählte ihr auf ihr stummes Bitten nun Alles von Frau Harthild und von dem Fluch und wie Alles gewesen.

Als er geschlossen, lispelte sie schauernd: „Viel hat sich erfüllt! wenn sich noch mehr erfüllte — armer Halfred!" —

Aber es schien besser zu werden mit Thora.

Und Halfred beschloß, sie demnächst empor zu tragen auf Deck, daß sie frische Luft athme und die Schönheit von Meer und Himmel wieder schaue.

Und ließ das Deck sorgsam reinigen von allen Spuren des grausen Kampfes und gebot den Schiffsleuten, den Tag vorher an einem Strand anzulaufen, welcher voll Sommerblumen lachte und befahl einen ganzen Berg von Blumen, wie er sagte, auf das Schiff zu schaffen: denn auf einen Blumenhügel wollte er sie betten.

Und die Männer gehorchten und war das ganze Deck mit Blumen bestreut so dicht, daß nirgend ein Stück des Holzes sichtbar war.

Und hart am Mast erhob sich ein schwellend Pfühl von duftigem lockerem Waldgras und allen schönsten Waldblumen, so hoch, daß es Halfred bis an die Brust reichte.

Darüber spreitete er einen weichen, weißlinnenen Mantel und legte die Schweratmende darauf.

Und wieder wurde es Vollmond, wie in jener Nacht des Kampfes auf dem Schiff: aber es jagte noch viel zerrissen Gewölk an dem Himmel: die segelnde Scheibe des Mondes war nicht durchgedrungen.

Und es war Sonnwendnacht: — die erste, welche Halfred nicht an dem schwarzen Heklastein auf Island verbrachte.

Thora war eingeschlafen auf ihren Blumen.

Halfred hatte sie mit dem eignen Mantel zu-

gedeckt. Und er saß hart an dem Blumenberg
und sah auf das edle, bleiche, ganz blutlose
Gesicht und sah dann wieder still vor sich hin.

„Ihr habt's doch wohl gemacht, ihr Güte-
vollen da oben in den Sternen. Ihr habt's ver-
golten, daß ich niemals ganz an euch gezweifelt.
Ich will auch nicht wieder mit euch rechten, weß-
halb ihr mir das zweite Furchtbare bereitet: daß
ich meine lieben Blutsbrüder erschlagen mußte
und so viele von den Schiffsgenossen.

Weil ihr nur diese Wunderblüthe gerettet
habt und nicht habt schuldlos verderben lassen
um fremde Schuld, ewig will ich euch danken!

Und ein Dankeslied will ich euch dichten, ihr
Gütigen, Gnadevollen, wie es noch nie erklungen
ist zu eurem Lobe! Dank euch, ihr gütigen
Götter!"

Und solches sinnend schlief er ein; denn viele,
viele Nächte hatte er gar nicht mehr geschlafen.

Da weckte ihn ein durchdringender Ruf, der

aus den Sternen zu bringen schien: „Halfred!"
schlug es an sein Ohr hoch von oben her.

Er fuhr empor aus dem Schlaf und sah
aufwärts: da schaute er, was ihn mit Entsetzen erfüllte: der volle Mond hatte während seines
Schlafes die Wolken zertheilt und mit aller Macht
auf Thora's Antlitz geleuchtet: jetzt sah Halfred
sie hoch auf der schmalen Mittelrah des Mastes
schwebend stehen, viele, viele Ellen ober seinem
Haupte.

Wie ein weißer Geist glänzte sie im Mondlicht: ihre weit geöffneten Augen blickten hinaus
in die Zukunft: die Linke drückte sie auf die
Brust, mit der Rechten griff sie wie abwehrend
in die Nacht hinaus: sie hielt sich nicht fest auf
der schwindelnd hohen schmalen Rahenstange, auf
der sonst nur die Silbermöve schaukelnd rastete.
Und stand doch sicher aufrecht: aber auf ihrem
Antlitz lag verzweifeltes Weh.

„O Halfred," klagte sie mit einer leisen

Stimme von herzzerreißender Angst, — „o Halfred, wie siehst du so wirr — wie furchtbar verwildert Haar und Bart — ach wie rollt dein
Auge — und halb nackt — wie ein Berserker
— in zottiger Wolfsschur! Und wie bist du
ganz mit unschuldiger Menschen Blut bedeckt! —
Und was bedrohst du den Hirten in blondem
Gelock, den freudigen Knaben? Hab' Acht, hab'
Acht vor der Schleuder — hüte dich — wende
das Haupt — es saust die Schleuder — es fliegt
der Stein — o Halfred! dein Auge!" —

Und sie griff, weit vorbeugend, wie schirmend,
mit beiden Armen in die Luft: sie mußte nun
stürzen, so schien es.

„Falle nicht, Thora!" rief Halfred empor.

Da, pfeilschnell, wie vom Blitz herunter ge-
schmettert, stürzte sie, hell aufschreiend, herab
von dem schwindelhohen Mast.

Die weiße Stirn schlug auf das Deck — in
Blut schwamm ihr Haupt und das goldne Gelock.

„Thora, Thora!" rief Halfred und hob sie empor und suchte ihr Auge: da fiel er sinnlos mit ihr auf sein Antlitz in die Blumen — denn sie war todt. — —

XV.

Als Halfred sich wieder erhob, — er hatte schon lange vorher die Besinnung wieder gefunden, aber nicht die Kraft aufzustehen — neigte sich die Sonne zum Niedergang.

Er rief den sechs Schiffsgenossen, welche sich scheu am Steuer und im Zwischendeck gehalten hatten, und sprach, und seine Stimme, sagte er mir selber, klang ihm fremd wie die eines Andern.

„Sie ist todt. Todt um fremde Schuld.

Es sind keine Götter.

Ich müßte ihnen Allen, Kopf für Kopf, mit diesem Hammer das Hirn zerschlagen.

Die ganze Welt, Himmel und Meer und

Erde und Hela müßte ich verbrennen in zehren-
dem Feuer.

Nichts sollte mehr sein, da Thora nicht
mehr ist.

Die Welt kann ich nicht zerstören.

Aber das Schiff und Alles was darauf ist,
verbrenne ich, ein großer Leichenbrand für Thora.

Thut, was ich euch sage!"

Und er bettete mit zärtlichen Händen die
todte Thora in den Blumenberg, daß man fast
nichts von ihrem Leib und Gewande sah.

Und auf sein Gebot mußten die sechs Männer
alle Waffen, Kleinode, Kleider und Geräthe aus
dem Hort des Singschwans von dem Schiffs-
bauch empor auf Deck tragen.

Und häufte sie Halfred alle rings um den
Mast auf den Blumenberg: und Purpurkleider,
Linnentücher, Seidengewebe, Goldgeschirre, weiche
Polster thürmte er ringsumher.

Dann übergoß er Alles mit Schiffstheer und

bedeckte es mit trockenem, dürrem Reisig, und mit Spänen aus der Küche.

Und befahl alle Segel aufzuhissen: — es ging aber ein starker warmer Südwind.

Dann stieg er auf den Steuerhochsitz und überschaute Alles.

Und er nickte mit dem Kopf wohlzufrieden.

Und er stieg hinab, einen Feuerbrand aus der Küche zu holen.

Als er wieder heraufkam, fand er von den Segelbrüdern die beiden Schiffsbote, das Wasser-bot und das Schutbot, herabgelassen: sie schwank-ten links und rechts an den Botseilen neben dem Singschwan.

„Eile, o Herr," rief ihm einer der Seeleute zu, „sowie du die Fackel geworfen, in ein Bot zu springen: denn rasch wird bei diesem Föhn der Singschwan auflodern und leicht könnte der Brand auch die Bote ergreifen und dich und uns Alle verderben."

Halfred sah mit großen Augen auf den Mann.

„Leben wollt ihr noch, nachdem ihr dies geschaut?

Leben, meint ihr, soll ich, ohne Thora, nachdem die Schuldlose um fremde, um meine Schuld gestorben!

Nein, gleich mir sollt ihr Alle auf diesem Schiffe verbrennen, ein geringer Todtenbrand wahrlich für Thora!"

„Du sollst nicht uns Schuldlose verderben. Scheue die Götter!" rief der Mann und sprang auf Halfred zu, ihm den Feuerbrand zu entreißen.

Aber mit furchtbarem Faustschlag schmetterte ihn Halfred zu Boden.

Grell lachte er auf und schrie: „Götter! wer wagt es noch, an Götter zu glauben, nachdem Thora schuldlos starb?

Es sind keine Götter! sag' ich euch.

Wären sie, ich müßte sie alle erschlagen.

Und erschlagen will ich als meinen Todfeind, wer noch an Götter zu glauben bekennt."

Wüthend schwang er den Brand mit der Linken, den Hammer mit der Rechten und rief den zagenden Schiffsleuten zu:

„Wählet: glaubt ihr, daß Götter sind, so schlag' ich euch nieder, wie diesen vorlauten Gesellen!

Schwört ihr aber die Götter ab, so mögt ihr leben und hingehen und überall bezeugen, daß keine Götter sind!

Sind Götter?" schrie der Rasende, hart vor die Erschrockenen tretend.

„Nein, o Herr, es sind keine Götter!" riefen die Männer und warfen sich auf die Knie.

„So geht, und laßt mich allein gewähren!"

Zögernd stiegen die Schiffsleute die Strickleiter hinab in das Schutbot zur Linken.

Halfred aber steckte den Hammer in den Gürtel und schritt eilenden Fußes hierhin und

10*

dorthin auf dem Deck und steckte Mast und Segel und Purpurkleider und Schnitzwerk und den Hals des Schwanenbildes in Brand; klagend zog noch einmal der Wind durch die gewölbten Flügel des Schwans.

Der starke Süd blies sausend in die flackernden Flammen, rasch stand das Schiff auf allen Seiten in lodernder Gluth. Die Segel flogen wie feurige Flügel um den Mast.

Schweigend, die Arme verschränkt, saß Halfred auf dem Steuersitz, die Augen starr nur auf den Blumenberg gerichtet.

Pfeilschnell ging das brennende Schiff vor dem Winde: das Feuer hatte das trockne Waldgras rasch verzehrt und Thora's Leib und Antlitz ward voll sichtbar: da sah Halfred noch, wie die Flamme sengend Thora's langes, wallendes Goldhaar ergriff — „das war das Letzte," sagte er mir, „was ich sah auf lange Zeit!" —

In ungeheurem Schmerz sprang er auf und

rannte entlang dem ganzen brennenden Schiff mitten durch die Lohe auf Thora zu: er sprang in den Blumenberg, die Leiche zu umschlingen.

Da fühlte er einen furchtbaren Schlag auf das Haupt und das linke Auge: der halbver= brannte Mast schlug schmetternd auf ihn nieder: er stürzte in die Blumen und in die Flammen auf das Antlitz und Nacht umfing sein Auge.

XVI.

Da Halfred wieder erwachte, lag er auf dem Boden eines kleinen Botes, das im offnen Meere trieb.

Sein Hammer lag zu seiner Rechten: ein Krug Wasser stand zu seiner Linken: zwei Ruder lehnten am Hintergransen.

Halfred sprang auf, um sich zu sehen.

Da erkannte er, daß er alle Dinge zu seiner Linken nur schwer sehen konnte: er langte nach seinem linken Auge und griff in eine blutende Höhle: ein Splitter des Mastes hatte es ihm ausgeschlagen: auch bohrte ein stechender Schmerz durch sein Gehirn, der ihn, sagte er, nicht mehr verließ, so lange er lebte.

Er sah auf seinen Leib: in Fetzen hingen die zu Zunder verbrannten Kleider um ihn her. Ganz in der Ferne sah er ein Fahrzeug, das er als das Schutbot des Singschwans erkannte.

Der Singschwan selbst war verschwunden: aber im Süden lag eine Wolke von Qualm und Rauch über der See.

Das Bot, in dem Halfred stand, erkannte er als das Wasserbot des Singschwans: offenbar hatten die Segelbrüder den Halbtodten aus dem brennenden Schiff getragen und geborgen: sie hatten ihn den Göttern überlassen, die er leug- nete und die sie glaubten, ob sie retten wollten oder verderben. Aber gemein wollten sie nichts mehr haben mit dem Manne, den der schwerste Fluch getroffen: der Irrsinn.

Denn irrsinnig war Halfred von Stund an, da er in die Flammen sprang und ihn der Mast- baum traf, bis kurz vor seinem Tode.

Daher konnte er mir auch nur wenig berichten

von Allem, was in der Zwischenzeit mit ihm oder durch ihn geschehen.

Was er mir aber sagte, will ich hier getreulich niederschreiben.

Es müssen aber viele, viele Jahre ihm in solchem Irregang verstrichen sein.

Er sagte mir darüber, daß er nur noch vor Augen sah: wie Thora von dem Mastbaum stürzte und wie dann die Flammen ihr Haupt und ihr Haar ergriffen.

Und daß er nur noch einen einzigen Gedanken denken konnte: „es sind keine Götter! wären Götter, müßt' ich sie erschlagen.

So muß ich alle Menschen erschlagen, welche an Götter glauben; denn ausgetilgt soll auf der Erde Name und Gedächtnis sein der Götter."

Und wollte er nicht sterben, bis er den letzten Mann erschlagen, der noch an Götter glaubte.

Und so fuhr er überall auf seinem kleinen

Schifflein umher, landete an Buchten und auf Eilanden, lebte vom Wild, das er erjagte oder von Hausthieren, die er auf dem Felde fand, von Wurzeln und wilden Beeren des Waldes, von Eiern der Seevögel und Muscheln der Düne.

Und oft gingen die Sturmwogen hoch über sein Bot und zerbrachen dessen Planken: aber es sank nicht und er ertrank nicht.

Und eines Tages sah er, daß er völlig nackt war: die letzten Zunderfetzen waren von ihm abgefallen: ihn fror; und als er im Wald einen Wolf traf, lief er ihm so lange nach, bis er ihn einholte, erschlug ihn mit seinem Hammer, zog ihm das Fell ab und schlang es sich um die Hüften.

Und so wandelte und fuhr er halbnackt im ganzen Nordland umher: und Niemand erkannte in dem irrsinnigen Berserker den Halfred Sigskald, den Sohn des Wunsches.

Und er sagte mir, wenn er auf Menschen
stieß, waren ihrer viele oder wenige, so sprang
er auf sie zu und rief sie fragend an:
„Sind Götter?“

Und wenn sie sagten: „Ja,“ oder, wie die
meisten thaten, gar keine Antwort gaben, so
schlug er sie todt mit seinem Hammer; sagten
sie aber: „Nein,“ wie auch viele thaten — denn
es war schon im ganzen Norden ruchbar geworden,
daß ein nackter Riese mit dieser Frage durch die
Länder ging, den die Leute „Götterdämmerer“
nannten — oder ergriffen sie die Flucht, so ließ
er sie leben.

Und oft gaben ihm die Bauern und die
Weiber aus Furcht Brot und Milch und andere
Speise.

Aber es verbanden sich wohl auch viele Ge-
höfte, gegen ihn auszuziehen und ihn zu erlegen
wie ein Unthier: aber sie konnten nicht Stand
halten vor der Wuth und Kraft des Wahn-

sinnigen. Er erschlug die Kühnen: die Feigen flohen.

Er schlief fast gar nicht des Nachts: deßhalb konnten sie ihn auch im Schlafe nicht überfallen.

Als er einstmals in der Scheune eines Bauern übernachtete, der vorher mit all den Seinen die Götter abgeschworen hatte, versperrten die Hofleute von außen mit mächtigen Balken die strohgefüllte Scheune und zündeten sie an: Halfred aber warf das Dach herunter, sprang durch die Flammen und die Pfeile, die an seinem Leibe nicht haften wollten, und schlug sie Alle todt mit seinem Hammer.

Und währte dies Irrefahren viele Jahre.

Und gingen Meersturm und Sonnengluth und Herbstreif und Wintereis über Halfred's halbnackten Leib hin.

Und sein Haar und Bart starrte wie eine Mähne um ihn her.

Aber nicht mehr dunkel, wie da er einst

werbend in König Hartstein's Halle trat: sondern
schneeweiß: in einer einzigen Nacht — der Nacht,
da Thora gestorben — war sein Haar ihm weiß
geworden.

XVII.

Und nach manchem Jahre kam er auf seinem morschen Bot über die See gefahren, welche die Insel Caledonia umspült, landete, ergriff seinen Hammer und schritt aufwärts gegen einen steilen Felshügel, an welchem Ziegen und Schafe weideten.

Es war früh am Morgen, in der Zeit, da die Rosen zu blühen beginnen.

Nebel wogte auf der See und auf den Felsen.

Da sah Halfred den Schafhirten oben auf dem Felsenhang stehen, der auf der Hirtenpfeife eine liebliche Weise blies.

Und war er Anfangs zweifelhaft, ob er auch

an diesen Hirtenknaben die Götterfrage thun
solle; denn wie Weiber ließ er auch Knaben un-
befragt: und der Hirt schien ihm fast ein Knabe
zu sein.

Als er aber näher gegen ihn heraufstieg, sah
er, daß der Hirt einen Speer führte und eine
Hirtenschleuder, mit welcher sie die Wölfe erlegen.

Und der Hirtenjunge glaubte, ein Räuber
oder Berserker komme gegen ihn und seine Schafe
heran.

Und langte aus seiner Ledertasche einen scharfen, schweren Stein und legte ihn auf die
Schleuder.

Und holte aus mit derselben wie zum
Schwunge.

Halfred hielt die Linke über das eine Auge,
das ihm geblieben und blickte empor, mühsam,
geblendet: denn eben brach die Sonne gerade ob
dem Haupte des Hirten durch das Nebelgewölk
und zeigte diesem klar die Gestalt des halbnackten

Mannes mit verwildertem, wehendem Haar und
Bart, der nun, drohend den Hammer erhebend,
den Hügel hinaufstieg; auf einer Felsenplatte,
unter einer großen Esche, blieb er stehen und
rief den Hirten an:

„Sind Götter, Hirtenknabe? Sagst du ja,
— so mußt du sterben.“

„Götter sind nicht!“ rief der Hirt mit heller
Stimme zu Thal, „aber weise Männer haben
mich gelehrt: es lebt der allmächtige, dreieinige
Gott, Schöpfer Himmels und der Erde.“

Da stutzte der Mann mit dem Hammer einen
Augenblick, als ob er nachsänne.

Denn solche Antwort hatte er nie erhalten.

Bald aber sprang er wieder dräuend nach oben.

Jedoch zuvor kommend schwang der Hirt seine
Schleuder: sausend fuhr der scharfe Stein: es
war ein scharfer, harter, dreispitziger Feuerstein:
ich hatte ihn sorgsam aufbewahrt für höchste
Gefahr: — und wehe, wehe mir Armen! nur

allzugut traf er: ohne Laut stürzte Halfred, wie er stand, auf den Rücken unter dem Eschenbaum, selbst einem plötzlich gefällten Stamme vergleichbar. In wenig Sprüngen hatte der Hirt den Lie= genden erreicht, vorsichtig den Speer vorhaltend, ob nicht plötzlich der Feind wieder aufspringe, der vielleicht nur listig sich verwundet gestellt.

Als er aber näher herantrat, sah er, daß das nicht Verstellung war, sondern lautere Wahrheit.

Blut strömte über des Gestürzten rechte Wange und in der Höhle des rechten Auges stak der scharfe Schleuderstein.

Den Hirten aber, wie er in das furchtbar gewaltige Antlitz des Mannes sah, der lautlos zu seinen Füßen lag, ergriff Rührung und Grauen zugleich: er hatte nie zuvor ein so mäch= tiges Antlitz geschaut, so edel und so traurig zu= gleich.

Und ihn überkam abergläubige Furcht, ob nicht der oberste der Heidengötter, Odhin, der einäugige, der Wanderer mit dem weißen Bart, hier ihm täuschend erschienen sei.

Aber bald fühlte er noch viel mehr Rührung und Erbarmen, als der wunde Mann mit weicher Stimme begann:

„Wer du auch seist, der du diesen Wurf ge-than, nimm den Dank, o Hirtenknabe, eines welt- und wehe-müden Mannes! Du hast mir auch des zweiten Auges Licht genommen: ich brauche nun nicht mehr die Menschen und den Himmel zu schauen, die ich beide nicht mehr ver-stehe, seit lange. Und bald werde ich hin-fahren, wo Fragen nicht mehr gefragt werden und Flüche nicht mehr geflucht. Habe Dank, wer du auch seist, du hast von allen Menschen — bis auf Eine — das Beste gethan an Halfred Hamundssohn!"

Da warf ich laut aufschreiend meinen Speer zur Seite, stürzte auf die Kniee, umfaßte das bleiche blutende Haupt und rief:

„O Halfred, Halfred, mein Vater, vergieb, vergieb mir — ich bin der Mörder — und dein Sohn!" —

Denn ihr, die ihr dereinst dieses Pergament entrollen werdet — haltet inne an dieser Stelle und schaut aufwärts zu der Sonne, wenn es Tag ist, und zu den Sternen, wenn es Nacht ist, und fragt mit Halfred: „Sind Götter?"

Denn ich, der ich diese Blätter heimlich und mit Angst nächtlicher Weile schreibe, ich bin der Hirtenknabe — Halfred's Sohn, der ihn er= schlagen hat.

Und die Götter oder der Christengott haben es geschehen lassen, daß der Sohn den Vater geblendet und gemordet hat.

Ich weinte heiße Thränen auf meines lieben Vaters bleiche Stirne. Er aber wandte das Haupt, als ob er mich sehen wollte und sprach:

„Das ist hart, daß mir der Fluch so gar

genau in Erfüllung geht, daß ich noch ganz er=
blinden muß vor dem Tode.

Gern hätte ich noch dein Angesicht in der
Nähe gesehen, mein lieber Sohn.

So weiß ich nicht, ob das Goldgewoge, das
ich um dein Haupt gebreitet sah, dein Haar war
oder die Sonnenstrahlen.

Du schienst mir gut anzuschauen von Gestalt,
mein Knabe!

Aber sage mir, wie heißest du?

Haben sie dich wirklich Lügnersohn, Neiding=
sohn, Harthildsrache genannt bei der Geburt?
Und wie geschah es, daß du ins Leben kamst?
Ich wähnte Frau Harthild verbrannt in dem
Erbhaus.“

Und ich legte meines lieben Vaters Haupt auf
meine Kniee und trocknete mit den langen, gelben
Haaren, die ich damals noch tragen durfte, das
Blut von seiner Wange und erzählte ihm Alles.

Wie meine Mutter aus der brennenden Fest=

halle nicht in das Ehehaus zurückgetragen wer=
den wollte, sondern auf eines der Schiffe ihres
Vaters.

Wie sie von dort, als der Kampf und der
Brand Erbhaus und Schiffe bedrohte, von ihren
Frauen und den Schiffsknechten auf ein Bot
jenes Schiffes gebracht und auf diesem Bote
aus dem Fjord gerudert wurde.

Wie sie auf dem Bote alsbald eines Knaben
genas, selber aber zu sterben kam und ehe sie
starb, noch die Hand auf mein Haupt legte und
sprach:

„Nicht Lügnersohn, nicht Neidingsohn, nicht
Harthildsrache soll er heißen, — nein: Fridgifa
Sigskaldssohn.“

„Sie behielt Recht, auch darin,“ sagte Halfred,
„du hast dem Sigskalb endlich zum Frieden ver=
holfen.“

Und wie, nachdem sie gestorben war, der
furchtbare Kampf und Brand am Gestade die

Knechte und Frauen immer weiter fortscheuchte in die weite See.

Und wie das kleine Bot fast bei heftigem West-sturm sank, und alle Knechte und Frauen von den Sturzwellen hinausgespült wurden, bis auf einen Ruderer und eine der Mägde, die das Knäblein unter dem Steuergranſen barg.

Und wie endlich Chriſtenprieſter, welche auf Bekehrung der Heidenleute ausgeſegelt waren, die Halbverhungerten auflaſen aus den Wellen und alle Drei hierher brachten nach der Inſel des heiligen Columban, und jene Beiden und das Knäblein mit dem Taufwaſſer netzten.

Und wie die Beiden, meine Pflegeeltern, mir Alles erzählten von meinem Vater und meiner Mutter, was ſie wußten, bis zu dem Brand in der Feſthalle.

Und wie ſie Beide nicht müde wurden mir meines Vaters Herrlichkeit in Schlacht und Sang zu preiſen.

Unr wie die Mönche von St. Columban, als
ich heranwuchs, mich lesen und schreiben lehren
wollten, ich aber viel lieber mit den Jägern und
Hirten des Klosters aufs Feld hinaus lief und
auf die Pergamentblättlein lieber Scheibenpunkte
zeichnete für meine kleine Armbrust.

Und wie sie mich endlich der Bücher unfähig
sprachen, als ich eine kostbare Malerei, die auf
Daumenbreite in Goldgrund die ganze Paffion
darstellte, mit meinem kleinen Bolzen durch und
durch schoß, und mich mit einer Tracht Prügel
zum Schafjungen des Klosters erhoben.

Und wie ich nun seit Jahren, da meine Pflegeeltern gestorben, die Schafe des Klosters hütete
und meine einzige Freude dabei der Kampf mit
den Bären, den Wölfen und den Lämmeradlern
war.

Oder auch auf meiner Hirtenpfeife zu blasen.

Oder auch dem Rauschen von Meer und Wald
zu lauschen.

Und Halfred legte mein Haupt auf seine
breite Brust und umschloß es mit seinen beiden
Armen und legte seine Hand auf meinen Scheitel und schwieg lange Zeit ganz still.

Und ich brachte ihm Wasser zu trinken aus
der Quelle und Milch von meinen Schafen und
wollte ihm den Stein aus der Wunde ziehen;
aber er sagte:

„Laß nur, mein lieber Sohn, es geht zu Ende.

Aber ich fühle das Band von meinem Gehirn
genommen, das seit vielen, vielen Jahren darauf drückte.

Und es wird hell und licht vor meinen Gedanken: ich kann wieder inwendig schauen wie
Alles gewesen ist, seit ich die Dinge draußen
nicht mehr sehe.

Und ich will dir und mir selbst bevor ich
sterbe noch Alles deutlich und genau vorführen
wie Alles gewesen ist. Gieb mir nochmals von
deiner Schafmilch zu trinken.“

168

Und ich gab ihm zu trinken und er legte sein Haupt wieder auf meine Kniee und hob an zu erzählen, ganz klar und hell, wie alle Dinge gewesen seit jener Sonnwendnacht.

Und aus seinem Munde habe ich Alles erfahren, was ich in den früheren Blättern dieses Buches aufgeschrieben habe von jener Nacht an.

Und Manches hab' ich aus seiner Erzählung auch über die früheren Zeiten vernommen, wovon meine Pflegeeltern nichts wissen konnten.

Und ich behielt Alles in getreuem Gedächtniß.

Und als es gegen Abend ging, war er zu Ende mit seiner Erzählung und sprach:

„Lege mein Antlitz so, daß noch einmal die Sonne darauf scheint, ich will die liebe Herrin noch einmal fühlen."

Und ich that, wie er gebot.

Und er athmete tief und sprach:

„Es muß wohl Frühling sein. Ein Duft von wilden Rosen weht mir zu."

Und ich sagte ihm, daß er unter einem blühen=
den Rosenbusch liege.

Und da erhob ein schwarzer Vogel aus dem
Busch einen milden Gesang.

„So höre ich auch noch einmal der Amsel
Abendlied!" sprach Halfred. „Nun lebt Alle wohl!
Sonne und Meer, Wald und Himmelssterne,
Wild=Rosenduft und Vogelsang und auch du,
mein lieber Sohn! Hab' Dank, daß du mich er=
löset hast aus Irrsinn und argem Leben.

Ich kann dir zum Dank als all' mein Erbe
nur diesen Hammer lassen: wahre ihn treu.

Ob Götter sind? ich weiß es nicht — mir ist,
die Menschen werden's nie ergründen — aber ich
sage dir, mein Sohn, ob Götter leben oder nicht:
Hammerwurf und Harfenschlag und Sonnenschein
und Weibeskuß, sie lohnen des Lebens.

Mögest du ein Weib gewinnen, das nur ein
schwacher Abglanz Thora's wäre, dann Heil dir,
mein Sohn.

Begrabe mich hier, wo Wald und Meer zusammenrauschen.

Lebe wohl, mein lieber Sohn! Frau Harthild's Fluch ward mir in dir zum Segen."

Und er starb.

Die Amsel schwieg im Busch. Und als die Sonne sank, warf sie noch einen warmen, vollen Guß ihrer Strahlen auf sein gewaltiges Antlitz.

So starb des Wunsches Sohn.

XVIII.

Als nun aber mein lieber Vater gestorben war, den ich selbst erschlagen hatte, weinte ich sehr, und lag die Nacht an der Seite des Todten.

Und als die Sonne wieder aufging, dachte ich nach, was ich nun thun sollte.

Zuerst wollte ich die Herde in das Kloster treiben, das wohl sechs Rasten entfernt lag, und den Mönchen Alles erzählen und beichten, daß ich, obzwar ohne Wissen, meinen eigenen Vater erschlagen, und um Absolution bitten für mich und um ein christlich Grab für meinen lieben Vater.

Aber da kam es mir, daß die Mönche den
Vater nicht mit christlichen Ehren begraben wür=
den, da er ja als Heide gestorben: und auch
mir nicht gestatten würden, ihn nach Brauch der
Heidenleute zu verbrennen, da viel, was an die
Heidengötter erinnert, dabei vorkömmt: und sie
würden ihn wohl ungeehrt ins Meer werfen, wie
sie schon einmal mit einem Heidenmann aus Sia=
landa gethan.

Da beschloß ich, von Allem zu schweigen und
meinen lieben todten Vater den Priestern nicht
zu verrathen.   .

Und also auch den Todtschlag konnte ich
nun nicht beichten und mir nicht Rathes erholen
über meine unschuldige Schuld.

Und war das der Anfang davon, daß ich
meinen Sinn von den Mönchen und ihrem Glau=
ben frei machte.

Und ich wußte ganz in der Nähe eine Fels=
höhle, welche nur mir bekannt war: denn sie

hatte ganz schmalen Eingang und ich hatte sie
nur entdeckt, weil ich einem Steinmarder nachgefolgt war, der da hineingeschlüpft: da fiel
die Felsplatte um, welche den Eingang verbarg
und viel Asche und Knochenreste fand ich in der
geräumigen Höhle, die gerade nach dem Meere
mündete: in grauen Tagen hatten wohl die
alten Heidenschotten hier ihre Todten verbrannt;
dorthin trug ich, nicht ohne viele Mühe, meinen
lieben todten Vater, und setzte ihn aufrecht
in die Höhle, das Antlitz gegen das Meer gewendet: die Wurzeln der Eichen und Eschen,
die ober der Höhle rauschten, drangen durch
das Gestein bis fast an sein Haupt herunter:
ober ihm rauschte der Wald, vor ihm rauschte
das Meer: dort habe ich meinen lieben Vater
beigesetzt und die Felsplatte wieder vor den Eingang gewälzt.

Aber auch seinen Hammer, sein einzig Erbe,
durft' ich nicht behalten: selbst wenn ich den

Mönchen vorerzählt, ich hätte ihn gefunden oder von Seefahrern erhandelt — sie hätten mir ihn nicht gelassen: denn starke heidnische Siegrunen waren auf dem Schafte eingeritzt.

So legte ich denn auch den Hammer zur Rechten neben den Todten: „Bewahre ihn mir, lieber Vater," sprach ich, „bis ich ihn einmal brauche: dann werde ich ihn holen."

Von Stund an aber zog eine große Wand=lung über meinen Sinn.

Was mich am meisten gefreut hatte, mit Wölfen, Bären und Lämmergeiern um meine Schafe kämpfen, das lockte mich nicht mehr.

Sondern die Frage, die meinen lieben Vater umgetrieben hatte bis zum Wahnsinn, ob Gott oder Götter sind und wie es geschehen mag, daß so Furchtbares geschieht, wie in dieser Geschichte sich begeben, von dem Gelübde auf den Bragi=becher an bis zu dem Gräßlichen, daß der Sohn den eigenen Vater erschlägt, — dieses Grübeln ergriff mich und ließ auch mich nicht ruhen, wie meinen lieben Vater.

Und wie mein lieber Vater ehemals zu den Sternen blickte und zu den Heidengöttern flehte um Auskunft, so blickte auch ich zu den Sternen um Erleuchtung empor, betend zu Christus und den Heiligen.

Aber auch mir blieb der Himmel stumm.

Da sagte ich zu mir: Hier auf der Schaf- weide und aus dem Meerrauschen und aus dem Licht der Sterne findest du die Antwort deine Lebtage nicht, so wenig wie dein lieber Vater.

Aber in den Büchern der Mönche, den la- teinischen, und den andern mit den krausen Runenschnörkeln, liegt alle heilige und weltliche Weisheit beschlossen.

Und wenn du sie lesen kannst, wird dir Alles klar werden im Himmel und auf Erden.“

Und so nahm ich Abschied von meinem lieben

Vater, blies meine Schafe zusammen und trieb sie nach dem Kloster.

„Bist du unsinnig geworden, Irenäus," sprach der Pförtner, als er mir und meiner blökenden Gefolgschaft das Thor erschloß. „daß du heimtreibst vor der Schurzeit? Sie werden dich wieder schlagen."

„Ich war unsinnig," rief ich entgegen, „doch nun will ich ein Buchgelehrter werden. Jetzt mag ein Anderer Wölfe scheuchen: ich lerne Griechisch."

Und so sagte ich auch dem guten Abt Ülfrik, vor den ich alsbald zur Bestrafung geführt wurde.

Dieser aber sprach:

„Leget die Ruthen zur Seite! Vielleicht ist aus dem Knaben, der immer ein heidnischer weltlicher Saulus war, plötzlich ein Paulus geworden durch Gnade des heiligen Columban: er soll seinen Willen haben. Hält er aus, so war's ein Werk des Heiligen; läßt er nach im Eifer

so war's ein Spiel des Satans und er gehe
wieder aus zu seinen Schafen."

Ich aber schwieg und sagte nichts von dem
Grunde, aus dem ich lesen lernen wollte.

Und ließ nicht nach im Eifer: und lernte
Latein und Griechisch und las alle Bücher, die
sie im Kloster hatten, die christlichen von den
Kirchenvätern, was sie Theologiam heißen, und
viele heidnische von den alten Weltweisen, was
sie Philosophiam nennen.

Und merkte bald, daß oft in einem Kirchenvater das Gegentheil stand von dem andern
Kirchenvater.

Und daß Aristoteles auf Plato schalt und
daß Cicero Alles zusammenreimen wollte und
nicht konnte.

Und nachdem ich in drei, vier Jahren alle
Bücher durchgelesen, welche sie im Kloster hatten,
und mit allen Mönchen, die im Kloster waren,
Nächte lang gestritten hatte, wußte ich nicht

mehr von dem, was ich wissen wollte als an
dem Tag, da ich meinen lieben Vater begraben
hatte.

Der alte, gutmüthige, dicke Abt Älfrik aber
— er war aus eblem Geschlecht und früher
Kriegsmann gewesen am Hofe des Schottenkönigs
und hatte mich lieb — sagte mir oft:

„Laß das Grübeln, Fridgifa" — denn er
nannte mich gern bei meinem Heidennamen,
wenn wir allein waren — „du mußt glauben,
nicht fragen. Und trink' manchmal zwischen durch
gutes Ale oder Wein und sing' ein Lied auf der
Harfe" — denn er hatte mich Harfe spielen ge=
lehrt, wozu ich große Lust hatte und was er
sehr liebte, und Alle sagten, gleich mir spiele
Niemand Harfe in ganz Schottland — „und ver=
giß auch nicht, manchmal im Klostergarten nach
der Scheibe Lanzen zu werfen: das viele Bücher=
lesen verwelkt den Leib."

Und ich gedachte, daß ganz ähnlich meines

lieben Vaters letzte Worte gewesen: und oft und
oft stahl ich mich hinaus zu meines lieben Vaters
Hügel, holte den Hammer heraus, übte mich im
Hammerwerfen bei Sternenschein und saß dann
stundenlang vor der Höhle und hörte Wind
und Wald und Woge rauschen.

Und war mir jetzt oft, als ob ich mit solchem
Sinnen der Wahrheit näher käme als durch alle
Bücher der Christenpfaffen und Heidenphilosophen.

Und ich glaube fast, ich bleibe nicht mehr
lang in dem Kloster.

Zumal seit neulich ein Skalde aus Halogaland im Kloster einsprach und erzählte von dem
Leben an dem Hofe König Harald's, von seiner
herrlichen Königshalle, in welcher zwanzig Skalden wechselnd Harfe schlagen.

Und wie die kühnsten Helden stets gern in
seine Gefolgschaft treten.

Und wie Jahr für Jahr dort siegreiche Heerfahrt gehalten wird.

Und von Gunnlöbh, seiner wunderschönen, goldgelockten Tochter, welche dem tapfersten Helden und dem besten Skalden das Goldhorn zutrinkt. — —

Seit dem steht mein Sinn nicht mehr auf Psalmensingen und Vigilien.

Aber freilich, leicht werden sie mich nicht aus dem Kloster lassen.

Denn weil ich gut Latein und Griechisch schreiben kann, läßt mich Aaron, der neue Abt, der Wälsche, welcher dem wackern friedliebenden Älfrik nachgefolgt ist, unablässig Handschriften abschreiben, welche sie dann theuer verkaufen nach Britannien und bis nach Germanien hinein.

Und Aaron ist mir scharf auf der Spur, weil ich ihm nicht den rechten christlichen Eifer zu haben scheine.

Und wüßte er, daß ich auf diese Pergamentblätter, auf welche ich zum siebenzehnten Male die Schrift von Lactantius: »de mortibus persecutorum« abschreiben soll, nächtlicher Weile die Geschichte meines lieben Vaters aufgeschrieben habe, — es ginge nicht ab ohne viele Tage Fasten und einige Schock Bußpsalmen.

Neulich drohte er mir gar, „Einen" geißeln zu lassen, der abermals zu spät zur Hora käme.

Das war aber ich: denn ich hatte gerade den Kampf auf dem Singschwan zu schreiben begonnen und konnte mich nicht gleich davon losmachen, als das Horaglöcklein rief.

Aber ehe Halfred des Sigskalds Sohn Geißelschläge auf dem Rücken duldet, eher schlage ich Aaron todt und alle seine wälschen Mönche.

Aber zum Todtschlagen brauche ich andres Ding als diesen Schreibgriffel. —

— — — So weit hatte ich geschrieben bis Karfreitag.

Lange kam ich nicht mehr dazu, weiter zu schreiben. Denn es wird Aaron's und seines Anhangs — es sind viele seiner wälschen Lands-

leute mit ihm aus Rumaburg gekommen: —
Haß und Neid und Mißtrauen immer größer: er
hat mir verboten des Nachts zu schreiben.

Nur bei Tage und in der Bücherei, nicht
mehr in meiner Zelle, soll ich schreiben und die
Abschrift des Lactantius auf dem dazu bestimm=
ten Pergament ihm zum Pfingstfest abliefern bei
Strafe von sieben Tagen Fasten.

Mein Ingrimm wächst gegen diesen Pfaffen=
zwang.

Nur selten und verstohlen komme ich noch zu
diesen Blättern. Auch zu meines lieben Vaters
Hügel kann ich nur noch sehr schwer gelangen:
sie spüren meinen einsamen Wanderungen nach.

Es kommt wohl bald zu offnem Streit. Ich
schaffe mir auf alle Fälle sichre Gewaffen.

— — — Mit Mühe habe ich gestern Abend
im Ärmel meiner Kutte meines lieben Vaters
Hammer in das Kloster gebracht. Im äußern
Klosterhof habe ich ihn verborgen: wo aber, das

vertraue ich nicht einmal diesen Blättern. Ich
sinne viel nach über die Frage meines lieben
Vaters und ich glaube, bald finde ich das
Rechte.

— — — Drei Tage konnte ich gar nicht
schreiben. Der Skalde vom Hofe König Harald's
war wieder zu Gast im Kloster.

Er mußte mir Alles erzählen von dem Leben
an jenem Hofe. Es ist ganz wie zu meines lieben
Vaters Tagen. Freilich sind König Harald und
alle seine Hofleute Heiden und ihre Heerfahrten
gehen meist gegen die christlichen Könige und
Bischöfe. Aber das macht meinen Sinn nicht
wanken, der fest entschlossen ist. Er erzählte mir
viel von Gunnlödh.

In zwanzig Nächten fährt ein Schiff König
Harald's wieder in den Hafen von — —

— — Ich weiß jetzt Antwort auf Halfred's
Fragen.

Heidengötter sind nicht.

Aber der Christengott ist auch nicht, der,
allmächtig, allgütig, allwissend, den Vater durch
den Sohn erschlagen ließe.

Vielmehr geschieht auf Erden nur was noth-
wendig ist: und was die Menschen thun und
lassen, das müssen sie so thun und lassen: wie
der Nordwind Kälte bringen muß, der Südwind
Wärme: und wie der geworfene Stein zur Erde
fallen muß — warum muß er fallen? Niemand
weiß es, aber er muß. Und er glaubt vielleicht,
er fliege frei. —

Der Mann aber soll nicht seufzen, grübeln
und verzagen, sondern sich freuen an Hammerwurf und Harfenschlag, an Sonnenschein und
Griechenwein und an Frauenschöne.

Denn das ist eine Lüge, daß es Sünde sei,
ein schönes Weib zu begehren.

Sonst müßten die Menschen aussterben, wenn
Alle so fromm wären, kein Weib mehr zu begehren.

Und die Todten sind todt und nicht mehr lebendig!

Sonst wäre der Schatten meines lieben Vaters längst mir erschienen auf mein inständiges An- rufen.

An was allein aber der Mann glauben soll, — das werde ich später noch sagen.

Ohne Furcht soll er leben und ohne Wunsch soll er sterben.

In diesem Kloster aber bleibe ich nicht länger mehr, als —

XIX.

— — — So weit hatte er geschrieben, der gottverlassene Bruder Irenäus, — da brach das Strafgericht des Himmels über ihn herein.

Ich, Aaron von Perusia, durch Gottes Gnade berufen, diese Lämmer des heiligen Columban zu weiden, ward auch der Gnade gewürdigt, das räudige Schaf aus der Herde zu treiben.

Längst war ich auf der Spur: ihm und seinem weltlichen, heidnischen, sündhaften, gott-

lofen, ja gottesleugnerifchen Treiben; er hatte
das richtig geahnt im fchuldbewußten Gewiffen;
auf Schritt und Tritt ließ ich ihn bewachen
von gotteseifrigen Brüdern aus Italia, ohne
daß er es merkte: dem frömmsten von ihnen,
dem Bruder Ignatius von Spoletum, gelang
es, fein Vertrauen zu gewinnen — denn
tölpisch arglos find fie, diese Barbaren —
dadurch, daß er fich öfter Harfe von ihm
vorspielen ließ. Diefen bat er einmal um
neues Pulver zur Dinte aus feinem Vorrath,
da er die eigne zugetheilte Dofis verfchrieben
habe und von „dem Haupt der Pharifäer" —
fo nannte der Freche feinen Abt und Ober-
hirten — könne er nicht neues Atrament ver-
langen, ohne abzuliefern, was er mit dem alten
Vorrath gefchrieben.

Bruder Ignatius fagte fofort das Alles,

frommer Pflicht gemäß, mir, feinem Abt; das
Dintenpulver aber gab er ihm doch: mit der
Klugheit der Schlange, die da Gott wohl ge-
fällt an feinen Priestern.

Bald darauf ging der Sünder wieder
aus auf eine feiner geheimnisvollen Wanderungen, die er immer machte, Nächte lang
fortbleibend, wenn ihm ein Auftrag aus dem
Kloster zu entkommen gestattete. Ich verwehrte
ihm den Ausgang nicht: denn am leichtesten
hoffte ich auf einem dieser Schleichwege fein
geheimes Treiben zu entdecken. Ich schickte
ihm jedesmal Späher nach: aber jedesmal
verschwand er plötzlich den fernher vorsichtig
Folgenden ganz räthselhaft mitten in den
Waldfelsen des Strandes.

Ich selbst entsendete ihn diesesmal: und
sowie er aus dem Klosterhofe getreten, durch-

suchte ich sofort seine ganze Zelle aufs ge-
naueste.

Da fand ich endlich, nach großer Mühe,
diese gottlosen Blätter, in seiner verfluchten,
zierlichen Handschrift, ganz klein geschrieben,
zwischen zwei Steinplatten des Fußbodens in
einer Ritze listig versteckt.

Ich nahm das Teufelswerk mit mir und
las und las mit steigendem Entsetzen: so viel
Sünde, so viel Weltlust, so viel heidnische
Freude an Kampf und Gesang und Trunk
und Fleischesliebe, so viel endlich des Zweifels,
des Unglaubens, der nackten Gottesleugnung
war unter dem Dach des heiligen Columban,
war unter meinem Hirtenstab aufgezeichnet und
aufgewachsen!

Grauen ergriff mich und heiliger Zornes-
eifer.

Sofort berief ich heimlich die Brüder aus
Italia zum engern Rath und zum Gericht;
ich wies ihnen die ärgsten Giftbeulen in dem
Geschreibsel, welches ja aller sieben Todsünden
voll war, und das einstimmig gefällte Urtheil
lautete: erst dreihundert Geißelhiebe, dann
Einmauerung in der Strafzelle bei Essig,
Wasser und Brot bis zu reuiger Zerknirschung
und völliger Sinnesbesserung.

Ungeduldig erwarteten wir die Rückkehr
des armen Sünders.

Mit dem Vesperläuten trat er in die
Pforte des Klosterhofes.

Sofort stellte ich mich selbst vor die Thür,
warf den Stangenriegel vor und rief die
Brüder aus Italia herzu — die Mehrzahl,
die Angelsachsen, welche dem Ruchlosen hold
waren wegen seines sündhaften Harfenspiels

und lau im Eifer des Herrn, hatte ich vorher
im Refectorium versammelt und eingeschlossen,
bis der Frevler gebunden wäre.

Eilig erschienen sie und etliche bewaffnete
Klosterknechte hinter ihnen: da hielt ich dem
Elenden statt aller Anklage nur diese Blätter
entgegen und verkündete ihm das gefällte
Urtheil.

Doch, ehe wir's uns versahen, sprang der
Gottverhaßte blitzschnell nach der Cisterne im
Klosterhof und holte aus dem innern Gestein
einen furchtbaren, schrecklichen Hammer hervor.

„Hilf heut, lieber Hammer Halfred's, seinem Sohne!" so rief er mit dröhnender
Stimme.

Und das Nächste war, daß mir zu Sinne
ward, als fiele der Himmel auf mein Haupt
und meinen Hals: ich stürzte zu Boden.

Spät erwachte ich wieder: da lag ich zu Bett, ein aufgegebener Mann, und die Brüder aus Italia wehklagten an meinem Lager und erzählten, der grimme Simson habe mit einem zweiten Streich den Riegel am Thor zerschmettert, die Pforte aufgerissen und das Freie gewonnen. Wohl folgten ihm die Klosterknechte und von den Brüdern etliche, geführt von dem Bruder Ignatius: als aber der Flüchtling sich plötzlich wandte und die eifrigsten der Verfolger, einen der Knechte, der ihn greifen wollte, mit dem furchtbaren Hammer tödtete und den Bruder Ignatius mit einer schweren Wunde niederstreckte, da ließen die Anderen von ihm. Alsbald verschwand er wieder wie immer in Fels und Wald.

Niemals haben wir ihn wieder gesehen, obzwar ich noch am Tag meines Erwachens

Alles ringsum genau nach ihm absuchen ließ
am Strande: die Felshöhle, von der diese verfluchten Blätter sprechen, vermochten wir nicht
zu finden: ich hätte die Knochen des alten
heidnischen Mörders in die See werfen lassen:
vermuthlich barg sich dort der Sohn, bis er
auf einem Schiff die Insel verlassen konnte.
Ich aber habe von seinem Hammerschlag, der
mir auf einer Seite Schulter und Schlüssel-
bein zerschmetterte, für meine Lebtage eine
häßliche Krummhalsigkeit davongetragen, welche
äbtlicher Würde schweren Eintrag thut.

Dieses sündhafte Buch aller Gräuel aber
schickte ich nach Rom an den heiligen Bischof mit
der Anfrage, ob wir es verbrennen sollten oder
noch aufbewahren zur Verfolgung der Spuren
und Überführung des entsprungenen Mönches,
wenn wir seiner wieder habhaft würden.

Lange, lange Zeit kam kein Bescheid.

Aber nach vielen, vielen Jahren kam das
Buch zurück aus Rom mit der Weisung, es
aufzubewahren — nur die gottesläfterlichften
Stellen darin waren getilgt — und zum
warnenden Exempel für Andere solle der Abt
Sanct Columbans aus einem mitgesendeten
Briefe des Erzbischofs Adaldag von Hamburg
auf diesen Blättern beifügen, welch gräßliches
Ende nach einem sündhaften Leben höchster
irdischer Luft (welche er, deß dürfen wir uns
getröften, ohne Zweifel in der Hölle mit
ewigen Qualen zu büßen haben wird) dieser
Abtrünnige durch das Strafgericht Gottes ge=
funden hat.

Nach dem Briefe des Erzbischofs leidet
es nämlich keinen Zweifel, daß unser ent=
sprungener Bruder Irenäus niemand anders ist,

als der an allen Höfen des Nordlands viele
Jahre als Krieger und als Harfensänger hoch=
gefeierte, mit allem Erdenruhm und Erden=
glück gekrönte Jarl Sigurd Halfredson, der
am Hofe König Harald's von Halogaland
plötzlich — man wußte nicht, von wannen er
gekommen — mit einem Skalden des Königs
auftauchte und sich durch Hammerwurf und
Harfenschlag bald solchen Ruhm gewann, daß
ihm König Harald drei Burgen, den Heer=
befehl über alle seine Krieger und seine Toch=
ter Gunnlödh zur Ehe gab.

Es war aber König Harald der grim=
migste Christenhasser und der ärgste Widersacher
der Ausbreitung des Evangeliums im Nordland.

Und Jahre lang führte Jarl Sigurd
die Scharen König Harald's und immer führte
er sie zum Sieg.

Der Herr prüfte damals die Seinen durch
schwere Heimsuchung: er hatte seiu Antlitz
von ihnen gewandt und vermochten die Vasallen
der Bischöfe und die christgläubigen Nord=
landsfürsten nicht zu bestehen vor Jarl Sigurd
und seinem gefürchteten Hammer.

Das Ende aber dieses Blutmenschen war
gräßlich: und deßhalb wird es, wie der hei=
lige Vater befohlen, aus dem Briefe des
Erzbischofs hier aufgezeichnet als furchtbare
Warnung für Alle, welche dieses lesen.

Als er nämlich abermals in einer großen
Schlacht die Bischofsritter geschlagen hatte,
traf ihn, da er in sündhafter Freude auf der
Verfolgung „Sieg! Sieg!" jauchzte, ein Pfeil
tödtlich in die Brust.

König Harald ließ an die rechte Seite
des Sterbelagers seine Heidenpriester und die

Skalden treten, die ihm von Walhalla tröstend singen sollten.

Der Wunde winkte sie hinweg mit der Hand.

Da traten an die andere Seite des Sterbenden drei Christenpriester, die in der Schlacht gefangen worden, und wollten ihm das heilige letzte Sakrament reichen, wenn er den Herrn bekenne.

Unwillig stieß sie der Gottlose mit dem Arme von sich: und als König Harald ihn staunend fragte, an wen er denn glaube, wenn nicht an die Asen und nicht an den weißen Christus? — da lachte er und sprach: „Ich glaube an mich selbst und meine Stärke. Küsse mich noch einmal, Gunnlödh, und reiche mir Griechenwein in goldenem Becher."

Und küßte sie und trank und sprach:
„Schön ist's, im Siege sterben," und starb.
Und blieb er aber von Heidenpriestern und
Christen ungeehrt und unbestattet, da er sie
beide noch im Tode trotzig abgewiesen.
So ist es denn gewiß und gereichet Allen
zur Warnung, uns aber zu gerechtem Trost,
daß die gottverfluchte Seele dieses ruchlosesten
aller Sünder von Ewigkeit zu Ewigkeit in
der Hölle brennen muß. Amen.

www.ingramcontent.com/pod-product-compliance
Lightning Source LLC
Chambersburg PA
CBHW030540040726
47497CB00008B/2527